里中哲彦

英語の迷言・放言・大暴言

丸善ライブラリー

まえがき

　名言というと，どことなく生真面目で，なんとなく説教くさい感じが漂います．じっさい古今東西の名言をあつめた本をひもといてみると，教訓めいた言葉や，しかめっ面をした表現によく出くわします．その 趣 たるや，まるで 裃 をつけたお侍さんがたくさん鎮座しているかのようです．また内容はというと，年輪を重ね，風雪に耐え，多くの心情を通過してきただけあって，処世訓としてそのまま役立つものもあるいっぽう，そのあまりに前時代的，経験主義的，優等生的，威圧的な物言いに，ときとしてソッポを向きたくなるような噴飯ものの "名言" も数多くまぎれこんでいます．

　いっぽう暴言はというと，寸鉄人を刺す言葉でもって常識をくつがえすことをみずからの役割と心得ているものの，手前勝手な論理と投げやりな態度はやはり不穏当としかいいようがなく，幅広い大衆の支持をあつめられないでいます．あたかもその風情たるや，ヘソ曲がりの唐変木が不貞腐れているといったところです．中身はというと，当たり障りのある言葉遣いと逆説的表現で，社会通念の裏に隠された真実を鮮やかに暴いてみせるものの，いかんせん論理の飛躍と斜に構えた見方を得意とするだけに，ツメが甘く，粗が目立ち，ゆえに大衆への説得力を欠いているというのが実情です．

しかし，いうまでもなく，「驕れる者は久しからず」(Pride will have a fall.) です（驕れぬ者も久しからずですが）．つまり，換言すれば，「万物流転」の言葉どおり，この世の中には不変なものなどひとつもないのです．『ガリヴァー旅行記』の著者で，風刺家として名高いジョナサン・スウィフト (Jonathan Swift) の言葉を借りれば，「およそこの世の中で変わらないのは，変わるということだけ」(There is nothing in this world constant, but inconstancy.) なのです．

名言といえどもそうです．「昨日の非常識は，明日の常識」が合言葉になっているこんにち，名言だけが例外であるはずもありません．いまある地位を何者かにおびやかされるのは時間の問題といってもよいでしょう．「思いがけないことが起こるのが，この世の常」(Nothing is so certain as the unexpected.) なのですから，ひょっとしたら明日にでも暴言諸氏に下剋上をおこされ，寝刃を合わされないともかぎらないわけです．

このように考えると，あながち暴言を「たんなる暴言」として片づけるわけにはいかなくなります．いまは聞く者の神経を逆撫でるだけの軽口が，しばらくの時を俟てば含蓄のある教訓に変わるかもしれず，皮肉をまとっただけの嫌味な陰口が，次代を担う珠玉の名言になっているかもしれません．ひょっとしたら本書に収載されている暴言もいつの日か，「現代」という時代の輪郭を鮮やかに捉えた名言に生まれかわるかもしれず，いまある名言よりも心の奥に響く，忘れられない言葉となって再び甦るかもしれません．

ご存じのように，英米人はスピーチをするとき，かならずジョークを交えるといいます．そしてそれが少々スパイスの効いたものであればなおさらよいとされます．また，ユーモアとウィットをもっていることは知性の証であり，社交上もっとも大切な技術のひとつであるといわれます．

　いうまでもなく，ユーモアやウィットは決まり文句や常套句を遠ざけようとします．常識を疑い，陳腐を嫌い，旧套を退けているところにしか，それらは顔を覗かせないのです．裏を返せば，迷言，暴言，放言，失言といったもののなかにこそ，ユーモアやウィットはその姿をあらわすのです．本書にはそうしたユーモアにあふれ，ウィットに富んだ言葉がぎっしりつまっています．本書を手にした皆さん一人ひとりが気に入った表現を見つけ，そしてそれが社交のみならず，英語と知性を磨くうえでも役立てば，筆者にとってこれにまさる喜びはありません．

　　2000年陽春

　　　　　　　　　　　　　　　　里中哲彦

目　次

1. 結婚の素顔

> **An archeologist is the best husband any woman can have ; the older she gets, the more interested he is in her.**
>
> 考古学者は，どんな女性にとっても最高の夫ですわ．妻が古くなればなるほど，興味をもってくれますもの． —— アガサ・クリスティ（英・作家）

タバコを喫う女性で，あたし，タバコが喫えるのよというしぐさを周囲にかもしだすタイプの女性がよくいるが，あれと同じで，ジョークも，あたし，ジョークをいっているのよ，という雰囲気を漂わせてしまう女性がいる．なかには，「ジョークをいうからね」とわざわざ前置きする女性もいて，顔面がひきつることしきりである．作家の荻野アンナがいい例である．彼女はまず表情としぐさで「いきますよ」とわざわざ前置きしてジョークにはいるのであるが，そのジョークというかギャグほど，一瞬にして私の心を闇にしてしまうものを知らない．

それにひきかえ，外国の，とりわけアメリカには，ジョークのうまい女性がゴロゴロいる．女優でも，作家でも，政治家でも，それが知性の証明であるかのように彼女たちは連発する．私は知らないが，聞くところによればフランスやイギリスでもそうらしい．ちょっとうらやましい．

上記のフレーズは「ミステリーの女王」として名高いアガサ・クリスティが，考古学者であるマックス・マローンと再婚した際，「なぜ考古学者と？」という質問に答えたものである．

> **Marriage is the lack of judgement, divorce the lack of patience, and remarriage the lack of memory.**
>
> 結婚は判断力の欠如，離婚は忍耐力の欠如，再婚は記憶力の欠如です．
>
> ——明石家さんま（コメディアン）

　いつまでも相思相愛でいたい．どんなに強くそう思っても，ときめきは消え失せ，思い出は色褪せる．倦怠と平坦が二人を支配するのは時間の問題である．映画『いつも2人で』には次のような場面がある．

Mark ： We should have parted then.（あのとき別れるべきだった）

Joanna： Why didn't we?（なぜ，そうしなかったの？）

Mark ： I didn't have the courage.（勇気がなかったんだ）

Joanna： You didn't have the courage. What courage did you need?（勇気がなかったって，どんな勇気が要ったっていうの？）

Mark ： The courage to see that what was finished was finished.（すべてはもう終わっているということを見つめる勇気だよ）

　いずれにしても，夫婦というのは別れそこなった男と女であるようだ（A couple is a man and woman who've failed to part.）．言い忘れたが，上記のフレーズはさんまの独創ではない．劇作家のアルマン・サラクルー（仏）の手によるエピグラムを借用したものである．

> **Each day after you're married is a process of discovering your partner's faults one by one.**
>
> 結婚してからの一日一日は，相手の欠点を一つ一つ発見していく一日である．
>
> ——『結婚を考えるあなたに』なだいなだ（作家）

人は厭きる．悲しいかな，厭きる．どうしたって，厭きる．結婚生活？　オフコース，当然である．では，悲劇（＝離婚・離別）に至らぬ策はあるか．

結婚とは，恋愛の過程で築きあげた幻想を壊していく過程である．美しく壊すか，醜く壊すか．そこが問題となる．互いの美しい誤解によって壊せたら幸せである．醜く壊したら，いうまでもないことだが，悲惨の一語に尽きる．

結婚とは，異文化の衝突でもある．そして，この衝突の連続が結婚生活というものである．相手のやることなすことを日々目にしなくてはならない．理屈ではわかっても，気持ちがおさまらないことがでてくる．黙認や黙殺によって乗り切るのはたいへんなエネルギーがいる．したがって，小言をいう．小言は当然，波風を呼ぶ．そして，この波風は，そう，嵐を招く．入念な聞き取り調査の結果，嵐を回避するには，とにかく微笑みしかないという結論に達した．萩原朔太郎はその昔，「どんな妻たちも，決して良人のためには化粧しない」(No woman wears makeup for her husband.) といったが，夫も妻もこれ聞いて「そうだよね」とひとまず微笑み合えれば，もう二人は立派な夫婦といえる．

4

> Joe : Pearl, I want to ask you a question.
> Pearl : Maybe.
> Joe : Make me a happy man. Let me cook you dinner.
>
> ジョー　「パール，ひとつ訊きたいことがあるんだ」
> パール　「いうだけいってみれば」
> ジョー　「ぼくを幸せ者にしてほしいんだ．きみのために料理をつくらせてくれないか」
>
> ──映画『迷子の大人たち』

　ジョン・レノンが「ハウス・ハズバンド」(主夫) というのをやっていたとき，ファンの一部がそうした生活を真似したというが，そうしたうっかり八兵衛たちは，いまもそのような生活をつづけているのだろうか．それまでギターをかき鳴らし，夜な夜な酒場に入りびたっていた連中が，自分の師匠がはじめたからといって，そうした生活に馴じめるとは思えない．ジョン・レノンにとってそれが可能だったのは，あり余るほどの金があったからだ．経済的に恵まれていたからこそできたことなのだ．それが証拠に，ジョン・レノンが家計簿をつけていたという話は伝わってはいない．それにしても，このジョーの発言は過激である．フェミニズムに学問的関心があり，なおかつそこに理解があり，つき合っている女性がフェミニストときても，悪いが，ここまでいえる日本男子はまれであろう．せいぜい「きみと結婚したら，僕は幸せになる自信がある」(If I married you, I'm sure I'd be happier.) くらいであろう．

> **I'm beginning to think that maybe it's not just how much you love someone, maybe what matters is who you are when you're with them.**
> 問題はどれほど相手を愛しているかじゃなくて，その人といるとき自分がどんな人間になるかなんだ．僕はそんなふうに思いはじめているんだよ．
>
> ——映画『偶然の旅行者』

「求婚の言葉は何ですか？」と問われて，「きみと結婚したら，幸せになる自信がある」などという男がいる．男よ，これを気の利いたフレーズとでも思っているのかい．生憎である．いい女は，こんなフレーズを吐いてウットリしているような男を信用しない．上記のフレーズもそうである．いっけん誠実で思いやりのある告白と映るが，照れもせず躊躇もせずにこんな言葉を吐く男を賢い女はまず間違いなく信用しない．賢い女は，男の似非インテリたちが極め言葉に走りたがるということをよく知っている．心あたりのある男は自重されたし．

さて，求婚の言葉ではないが，私がたいそう気に入っている「結婚した理由」というのがある．それは神津善行のものなのだが，彼は「なぜいまの奥さん（中村メイコ）を選んだのですか？」という質問に，「当時，娯楽がなかったから」(There wasn't anything else to do then.) とこたえている．ハハハ．私はこういう男こそが頭がよくまた信用できる男のように思えるのだが，どうだろうか．

> **If you are afraid of loneliness do not marry.**
> 孤独が恐ろしかったら，結婚するな．
> ──アントン・チェーホフ（露・作家）

「孤独にたいする恐怖は，結婚による束縛よりも大きいので，わたしたちは結婚するのである」(The dread of loneliness is greater than the fear of bondage, so we get married.) とシリル・コナリー（英・批評家）はいうが，より大きな孤独が結婚後に待ち構えているかもしれない．チェーホフ先生は「孤独が恐ろしかったら，結婚するな」とまでいっている．チェーホフの妻は女優で，彼の劇のヒロイン役をよくやった．はたから見ると仲睦まじく見えた二人であったが，彼の心は孤独を伴侶としていた．以前，「婚約したばかり」というある女性が私にこうのろけたことがある．「結婚しても，彼の車の助手席に乗って彼のお口にキャラメルを入れてあげるの」．可愛らしい言い草だったから笑ったが，顔がひきつった．そして私は二人の行く末に不幸を見てとった．ものごとを悲観的に考える傾向にある私は，ものごとを悲観的に考えない人間を礼儀正しく小馬鹿にするところがある．ポール・ヴァレリーは「神は男性を創造したが，孤独さが足りないのを見てとって，孤独をもっと鋭く感じるように女性という仲間を与えた」(God created man, and finding him not sufficiently alone, gave him a female companion so that he might feel his solitude more acutely.) と述べているが，私はこういうユーモアあふれる悲観的な見方のほうを好む．

> **Advice to persons about to marry.**
> ——**Don't.**
> 結婚しようとしている人たちへの忠告.
> ——するな.   ——『パンチ』(英の漫画雑誌)

　こと結婚に関していえば, ことわざは別人と化す. ふ
つう格言やことわざは甲という考えもあれば乙という見
方もあるという中立的かつ穏健的態度をとるが, こと結
婚というテーマになると冷静さを失い, 「結婚とは理想
論が現実論に敗れることである」というような否定的な
見解ばかりを並べたてるのである. まさにその意気込み
たるや, 必死の形相といった観がある. 有名どころで
は, Marry in haste, and repent in leisure. (あわてて結
婚すれば, じっくり悔やむことになる) というのがある
が, 人口に膾炙しているものはおしなべて結婚にたいし
て悲観的な態度をとっている. Bachelors know more
about women than married men. That's why they are
bachelors. (独身者のほうが結婚した男より, 女につい
てよく知っている. だからこそ, 彼らは独身者なのだ)
というのを知っているだろうか. いまはジョークとして
有名であるが, ことわざに格上げされる日も近いと私は
見ている.

　結婚について語られたもので私がもっとも笑えたの
は, 上に掲げたものと, Marrriage is not a word. It's a
sentence. (「結婚」は単語ではない. 判決文だ) である
が, これらがことわざになるのも時間の問題であると思
われる.

8

> **A man who spends a lot of money on flowers for his wife on their wedding anniversary isn't doing so because he loves her, but because he wants to punish himself for doubting his love for her.**
>
> 夫が結婚記念日に大金をはたいて妻に花束を贈るのは，妻を愛しているからではなく，妻を愛していることに自信をもてなくなった自分自身を罰するためである．——『当世悪魔の辞典』別役実（劇作家）

Never choose your women or your linen by candle-light.（女と布地はロウソクのちかくで選ぶな）というが，果たして，それが実行できたとしても，男はけっきょくのところ，妻というものに厭きるようだ．で，そんなとき，男はどうするか．コソコソとほかの女に手をだすのである．おおかたはそうである．で，そうなると，どうなるか．そのまま突っ走る男もいれば，皿まわしの芸人よろしく，ぐらついてきた皿をふたたびまわしに帰る男もいる．てっとりばやいのは，プレゼントを贈ることである．でも，いきなりでは疑われる．「夫って，妻を裏切っているときは，とくにやさしいものね」といったのはマリリン・モンローだが，いきなりプレゼント作戦にでたのでは容易に浮気を見透かされてしまう．やはり，ここは基本にかえって結婚記念日といきたい．それも目にまぶしい花束がいい．と，ここまで周到な計画を練った男に絶望をあたえるのは，別役実の上記の言葉である．じつに悪い人である．

> **Well, all my life I've, I've felt like somebody's wife, or somebody's mother, or somebody's daughter. Even all the time we were together, I never knew who I was. And that's why I had to go away.**
>
> 私はこれまでずっと誰かの妻であり，誰かの母であり，誰かの娘であったような気持ちがしているの．あなたと一緒にいたときだって，自分が誰なのかわからなかった．私が家を出たのはそれが理由よ． ——映画『クレーマー，クレーマー』

私はフェミニズムというものを意識して日常をおくっている男ではない．ゆえに，このフレーズは耳が痛い．できればこういう"告発"は一生聞かないで済ませたいと思っている．でもいわせていただければ，上記のフレーズはオキテ破りという気がしないでもない．男のほうだって，「私はこれまでずっと誰かの夫であり，誰かの息子であったような気持ちがしている．あなたと一緒にいたときだって……」と反論できそうな気もしてくる．

しかし，歴史をひもとけば，男性は女性にたいして有利な性であったことがわかる．かのフランシス・ベーコンも妻というものを定義して，Wives are young men's mistresses, companions for middle age, and old men's nurses.（妻とは青年の愛人であり，中年男の伴侶であり，おじいちゃんの看護婦である）といっている．それにしても，男はいつまで加害者のまま被害者でありつづけるのだろうか．

> **If we end up together, then this is the most romantic day of my whole life. And if we don't, then I'm a complete slut.**
>
> もしこれで二人が結ばれたら，きょうは人生で最もロマンチックな日になるわ．結ばれなかったら，私はすごい淫（みだ）らな女ということになるわね．
>
> ——『ローズ家の戦争』(映画)

女が望んだとおり，二人はけっきょく結婚したが，その日は「人生で最もロマンチックな日」とはならず，「最も忌まわしい日」になってしまった．女は，結婚してまもなく男と相性が合わないことを自覚しはじめ，やがて，When I watch you eat ... when I see you sleep ... when I look at you lately ... I just wanna smash your face in.「あなたが食事をするとき，あなたが眠っているとき，最近では顔を見ているだけでも，顔をひっぱたいてやりたくなるの」と面と向かっていうほど夫を憎むようになった．

"Stinking bitch."「汚い女め」

"Dumb bastard."「バカな奴」

"Slut."「売女」

"Scum."「クズ」

"Filth."「カス」

"Faggot. Morning, Susan."「オカマ．おはよう，スーザン」(スーザンは家政婦さん)

これが彼ら夫婦の朝のあいさつである．まさに悪態づくし．激しい．あまりにも激しい．

> **A good husband is one who is healthy and out all the time.**
>
> 亭主は元気で留守がいい.

「惣」という字をご存じか.「惚れる」「惚ける」のほかに,「惚ける」とも読む.先人の知恵に乾杯! 惚れたり,惚けたりすることは,惚けていることに等しいというのである. A deaf husband and a blind wife are always a happy couple.(耳の聞こえぬ夫と目の見えない妻はいつも幸せな夫婦)という格言がある.このことわざが教えるところは,惚れて一緒になっても,男は浮気に走り女は小言をいうのだから,相互不可侵条約を結んで,見ぬふり聞かぬふりをしなさいということである. Keep your eyes wide open before marriage, and half shut afterward.(結婚前は両眼を大きく開き,結婚後は半分閉じよ)という箴言がある.この警句が含意するものは,結婚相手を選ぶときは用心するにこしたことはないが,惚け合っている二人が冷静な判断などできるわけもないのだから,結婚したら最後,欠点には片目を閉じて,ひたすら我慢を重ねなさいということである.上に掲げた「亭主は元気で留守がいい」は,上の2つの格言を実践してきた妻たちの,積年の想いの結晶である.自分が惚けていたことに気づくのに少々の時間がかかったが,さりとてこの歳になってしまった今では他もなかなか見つからぬ.もはや亭主に期待するのは,元気でつべこべいわずカネだけ稼いでくれることだ,ということをストレートにうたっている.

2. 恋愛のアフォリズム

> **It's a presumption to think that you can convey love without saying anything.**
>
> 「言葉にしなくても愛は伝わるはず」は思い上り
> というものです。
>
> ──『恋愛論』柴門ふみ（漫画家・エッセイスト）

　男は目で恋をし，女は耳で恋に落ちる（A man falls in love through his eyes, a woman through her ears.）とひとまずいえそうである。

　統計はないが，言葉でくどかれたという女性は案外多い。というより，そう思いたい。なぜというに，私自身，おしゃべりだからである。けれど，「愛してる」という言葉だけは囁いたことがない。

　オジサンといわれても構わないのであるが，正面きって，それも丸腰で，なんの照れもなく，女の耳もとに「愛してる」なんていえる日本男子を，私は軽薄だと思う。彼らは別世界に暮らす住人である。

　誇張していうのではないが，この「愛してる」を正統的に使いこなしていると思われる日本人に私はこれまで会ったことがない。そもそも「愛してる」という言葉が，日本人のウチから湧きあがってきた言葉だとは到底思えない。

　「ふるさとの山に向かって言うことなし」が上記のフレーズを打ち返す。英語のことわざでは，Whom we love best, to them we can say least.（最愛のものには，最少の言葉しかいえない），現代英語になおしたら，We can say least to those whom we love best. という。

> "Haven't I met you somewhere before?"
> "No. I'd never forget someone as charming as you."
> 「以前どこかでお会いしませんでした？」
> 「いいえ．もしあなたのような素敵な女性にお会いしていたら，ぜったいに忘れませんから」

　口説き文句，殺し文句が恐ろしくうまい男がいる．これと決めた女性の横にすり寄っては，「美しい人のそばで光栄だな」(I'm lucky to find a young beautiful lady like you.) などと耳もとで呟き，30分もしないうちに「こんど二人っきりで会えるかな？」(Can I see you, just two of us?) などというところにまで話をもっていき，さらには「これっきりだなんて淋しいな．電話番号を教えてくれる？」(I can't let you disappear from my life like this. Would you give me your phone number?) などと囁いてデートの約束を取りつけてしまうのである．

　「じゃあ，電話番号を教えてくれなかった場合はどうするんだい？」と私．

　「そのときは，ぜったい電話しないから電話番号を教えてくれって頼む．そうすると女は，ウソばっかり，電話してくるくせに，という」

　「それで？」

　「それで，こういう．もしボクが電話をしたら，そのときは，お詫びにデートに誘うよって」(If I'd call you, then I'd ask you to go for a date as an apology.)

> **Relationships that start under intense circumstances, they never last.**
>
> 異常な状態で結ばれた男女は，長続きしないんだ.
>
> ——『スピード』(映画)

たぶん，そうであろう．こうした男女は，その記憶に圧倒され，それ以上に刺激的な話題を見つけられず，やがては沈黙と平凡に支配されていく．二人の恋は，雲のように散り，霧のように消えていく運命にある．劇的な出会い，燃えさかるような恋愛をのぞんでいる若人よ．斎戒沐浴して，よく聞いてほしい．以下は，実話である．

ある雪の降るクリスマスの夜，サンタクロースの恰好をして彼女のアパートを訪れたという男がいる．彼女は感激した（らしい）．以後，男は非日常的言説と公序良俗を欠いた行為をかならずその恋愛に盛り込んだ．女もしだいにそのゲームに夢中になっていった．そして最後には，どちらともなく「あす自殺しよう」といいだした．そして，その翌朝．青空があまりにもすがすがしくて，二人は自殺の呪縛からしばし解き放たれた．生きることに未練がでてきたのはこのときである．二人はしばし別れて頭を冷やすことにした．結果，二人の自殺は回避された．男はいま，別の女と結婚し，ダイエーで日曜日を家族と一緒に過ごし，女は落ち着いた感じのサラリーマンと結婚し，赤ちゃんの肌を昼となく夜となくむさぼっている（と聞く）．……でも，平凡を貫くことは，非凡を演じるより，たぶん難しい．非凡を知ってしまった人はなおさらである．

> **You can talk about love in general terms, but you can't about being in love.**
>
> 愛というものは一般論で語れるけれども，しかし恋愛というものは一般論では語れない．
>
> ——『恋愛論』橋本治（作家）

　この数年，恋愛についての本が多数出版されている．しかし，恋愛をしている男女はそうした恋愛本をいっさい読まない．なぜかって？　彼らは恋愛に忙しくてそんな本にかまけているヒマはないからだ．恋愛をしていない人と恋愛を願望する人がそのテの本に目を走らせる．

　書き手にしてもそうだ．恋愛論の名手が恋愛上手とはかぎらない．というか，彼らのほとんどが恋愛ベタな人たちではなかろうか．モテる男やモテる女は，日々の生活において恋愛がざくざく実ってしまうから，恋愛論など書いているヒマはない．恋することに恋している読者と，失恋をとおしてでしか恋愛を語れない書き手．そういう二人が手を握り合っている．橋本治は「恋愛というものは一般論では語れない」というが，そのとおりである．しかし，巷にあふれている多くの本は「恋愛」にかこつけた失恋本である．多くは愛だの恋だのといっているが，失恋の有様ばかりを教えている．「ほんとうの恋は幽霊と同じで，誰もがその話をするが，見た人はほとんどいない」(True love is like ghosts, which everybody talks about and few have seen.) のかもしれない（ラ・ロシュフコー）．

"I mean"—his voice was a little shaky, a little
rough—"if you don't mind my boldness, you look
stunning.　Make-'em-run-around-the-block-
howling-in-agony stunning. I'm serious. You're
big time elegant, Francesca, in the purest sense
of that word."

　「いやあ，あのう」──彼の声がかすかに震え，
かすかにしゃがれた──「ぶしつけかもしれないけ
ど，あなたはすごくきれいだ．わめきながらめちゃ
くちゃに町を走りまわりたいほどきれいだ．わたし
は真面目に言ってるんです．言葉のいちばん純粋な
意味で，フランチェスカ，あなたはとてもエレガン
トです」　──『マディソン郡の橋』ロバート・ジェ
ームズ・ウォーラー（米・作家）

　『マディソン郡の橋』は中年不倫物語である．アイオ
ワの片田舎に住む主婦のフランチェスカが，この地を訪
れた写真家のキンケイドをある橋へと案内する．そこで
キンケイドがお礼に「小さな野の花の花束を差し出す」
と，フランチェスカは「胸の中になにかを感じ」てしま
う．やがて二人は結ばれた．キンケイドは間男だったの
である．しかし，女はそれに気づこうとはしない．彼と
のセックスも「それは単なる肉の営みをはるかに超えた
ものだった……彼を愛することは……精神的なことだっ
た」になってしまう．この物語が宇野鴻一郎の手にかか
るとどうなるか．想像するとじつに愉快だが，こうした
私の諧謔（かいぎゃく）精神を善男善女は受け入れてくれまい．

> **Let's get married in our next lives.**
> こんど生まれてきたら，一緒になろうね.

「人間が恋をする理由は，自己満足にしかない」(The only reason one loves is for his own pleasure.) とよくいわれるが，上記のフレーズを粋な言葉とするか，たわ言とするか，それが問題だ．たしかに当事者にとってはこれはこのうえもなく美しい別れの言葉といえよう．だが，これを当事者以外の人間が耳にしたらどうか．問答無用のたわ言である．

先頃も郷ひろみと松田聖子という二人の歌手がこう囁きあっていたということがマスコミをにぎわせていたが，「聞かされる身にもなってみろ」である．類い稀なといえるほどの貴族的な美しい顔だちをもち，哲学的苦悩と形而上学的懊悩をそこはかとなく感じさせる男女なら話はまだわかるが，会計学だけには敏感なあんちゃんとねえちゃんが意図的にメディアにリークしたとあっては「いい加減にせえよ」である．

そもそもそういう秘めごとは二人の胸に大切にしまっておくものなのだ．周囲にはけっして洩らしてはならないトップ・シークレットなのだ．心根が卑しいぞ．そういう超機密事項をリークするあさましい人間には恋愛の神様だって意地悪をしてくれるにちがいない．「こんど生まれてきたら，一緒になろうね」と誓いあった二人が，人間ではなく，犬と猿に生まれかわってきたとしたら，ご両人よ，どうするつもりだ．

> **Nothing dries sooner than a woman's tears.**
> 女の涙ほどはやく乾くものはない.

「私の彼は世界でいちばんいい男で,私,心から尊敬しているの」(My boyfriend is the most incredible guy in the world. I adore him.) とある女性がいう.「彼は一緒にいてリラックスできる人」(He's a comfortable person to be with.) だし,「彼のことを考えないときなどないわ」(I find myself thinking about him all day long.) とベタ惚れである.ところが,その舌の根も乾かぬうちに女の気が変わった.もっといい男があらわれたのである.かわいそうなのは男のほうである.勝手に惚れられ勝手に捨てられたのである.詮索無用の身近な話である.こと恋に関するかぎり,男は女の見かけを信用しないほうがいい.Seeing is believing. ではなく,Seeing is deceiving.(見かけは欺瞞)である.で,女は別れなくてはならない二人の運命を嘆いていちおう泣いた.しらじらしいと思ったが,女の涙に勝てる男はいない(No man is a match for a woman's tears.).案の定,女の涙はすぐ乾いた.女は次の男にいくとき,まえの男を簡単に忘れることができる.だが,男はそうではない.想いを引きずるのである.報われなかった恋にしがみついてその後の人生を生きるのである.サマセット・モームは「もっとも永くつづく愛は,報われぬ愛である」(The love that lasts longest is the love that is never returned.) と述べたが,この言葉は断じて男による男のための言葉である.

> A day playing 　江ノ島に遊ぶ一日
> at Enoshima Beach— 　それぞれの
> you have your future, I mine, 　未来があれば
> and so we take no snapshots 　写真は撮らず
> 　　　——『サラダ記念日』俵万智（歌人）

　会えばおそらく彼女も私のことを「嫌いだわ，ああいう男」などというのであろうが，私も俵万智が好みではない．顔が嫌いだし，しゃべり方も気に入らない．作品もダメである．俗の果ての聖すらも感じられない．くわえて彼女の作品にでてくる男がどれも嫌なやつである．「純愛というやつを求めて，いつまでもさまよっておれ」と罵りたくなるほどである．

　本のタイトルも嫌だ．『サラダ記念日』のあとは『とれたての短歌です』ときた．最初聞いたとき，「とれたての啖呵」「とれたての痰か」が想像されて顔面が歪んだ（想像力は無礼である）．いい蔵をして，自分のことを「万智ちゃん」というのもいただけない．これにいたっては悶死するんじゃないかと思ったほどだ（嫌いだといいつつもけっこう読んでるなあ）．

　とまあ，好き勝手な悪口を書いてきたが，この短歌だけは好きなのである．さらりとわかりやすく，風にふれたように心がさざなむ．じっさい，これと同じような思い出が学生時分にある．メジャーな江ノ島ではなく，中田島砂丘（浜松）であったのが少々痛いが，私らしくて気に入っている．上記の英訳は，ジュリエット・カーペンター氏による．

> **To say goodbye is to die a little.**
> さよならをいうのはわずかのあいだ死ぬことだ.
> ──『長いお別れ』レイモンド・チャンドラー
> （米・作家）

「私（＝フィリップ・マーロウ）」の耳をくすぐりなが
ら，Would you consider marrying me? （私との結婚を
考えてみない？）と女がいう.「私」は It wouldn't last
six months.（半年とつづかないね）と答える. 女は，
Well, for God's sake, wouldn't it be worth it?（それが
どうだっていうの. 試してみる価値があると思わな
い？）と食い下がる.「私」はこの女が嫌いでない. そ
れが証拠に「私」の指はさっきから女の髪をなで，その
一部を指に巻いたりしている. Do you have something
against marriage?（結婚に反対する理由がなにかある
の？）と女が訊く. For two people in a hundred it's
wonderful. The rest just work at it. （百人のうちの二
人にとっては素晴らしいことさ. 残りの人間にはたんに
苦痛であるのだけど）と「私」はこたえる. 女は「私」
との会話に疲れ，You'll have to carry me this time.
（こんどは抱いてちょうだいね）といって眠りにつく.
翌朝，「私」は女を送りだす. それから「私」は，彼女
の眠っていた寝室に入ってみる. 枕のうえに真っ黒な一
本の長い髪がある. 鉛のかたまりを呑み込んだような気
持ちだった. こんなとき，フランス語にはいい言葉があ
る.「さよならをいうのはわずかのあいだ死ぬことだ」.
チャンドラーの傑作『長いお別れ』からの引用である.

22

> **There is no love sincerer than the love of food.**
> 食べ物にたいする愛以上に誠実な愛はない.
> ──『人と超人』バーナード・ショー (英・作家)

　福澤諭吉は『福翁自伝』のなかで「如何なる西洋嫌いも口腹に攘夷の念はない」といっている. このことの意味は, 西洋のことがどんなに嫌いであってもうまいものはうまい, おいしい料理のまえにあってはイデオロギーも何もない, ということである. 幕府の遣外使節に随行してヨーロッパ諸国を視察してまわった諭吉は, パリのホテルで山海の珍味に舌鼓をうつ一行を目にしてこう記したのである. 舌は頭より正直である. たしかにおいしい食べ物をほおばっているときは幸せだ. 舌もニコニコ (My tongue is smiling.) というか, 思わず舌も盆踊り (My tongue is dancing.) である. さて, ショーは「食べ物にたいする愛以上に誠実な愛はない」というが, けだし名言である. とりわけしょっちゅう相手を変えている浮気者の男には納得の言葉であろう.

　「男の心を射止めるには胃袋から」(The way to a man's heart is through his stomach.) という言葉を知っているだろうか.「男落とすにゃ刃物はいらぬ. きんぴらごぼうがあればいい」と訳してもいいこの言葉は, 男は胃袋を満たしてくれる人には情愛を抱き, 場合によっては, 一飯の恩は恋愛で返すことがあるということを教えている. 食べ物にたいする愛は, それほどまでに誠実な愛なのである.

> **To love is to suffer. To avoid suffering one must not love. But then one suffers from not loving.**
>
> 恋することは苦しむことだ．苦しみたくないなら，恋をしてはいけない．でも，そうすると，恋をしていないということでまた苦しむことになる．
>
> ——ウッディ・アレン（米・映画監督＆俳優）

告白するのがちょっと面映ゆいが，大学生のとき，留学先のイェール大学でジョディー（フォスター）と恋に落ちた．ところが，アネット（ベニング）と二股かけていたのが発覚し，二つの恋は同時に消えてしまった．照れくさい話になってしまうが，失恋の傷心を癒してくれたのはブリジット（フォンダ）で，いまは私の妻になっている．ま，いちおう幸福な生活をおくっている私であるが，相変わらず誘惑の魔の手はおさまらず，通勤の電車のなかでは松嶋菜々子とかいう女の子によくウィンクをされ，美紗子（紺野）からはしょっちゅうデートの誘いをうけ，たまに立ち寄る小料理屋では女将（黒田福美）から所帯をもたないかともちかけられている．——仮にこんな恋愛遍歴をもつ男がいたとしても，その男も苦しんでいるのだそうだ．「恋する勇気がある者は苦しむ勇気をもつ」(Those who have courage to love should have courage to suffer.) とはよく耳にする言葉であるが，そんなのは恋をしていない苦しみに比べたら贅沢な悩みである．ひどくモテない時代もあったというウッディ・アレンはそうしたことがよくわかっている．

3．政治の本音

> **In politics if you want anything said, ask a man. If you want anything done, ask a woman.**
>
> 政治の世界では，いってほしいことは男性に，やってほしいことなら女性に頼むことです．
>
> ——マーガレット・サッチャー（英・政治家）

　サッチャーはお嬢さま育ちの政治家ではない．父はメソジスト信者の食料品店主で，母はごく平凡な庶民的女性だった．そのような家庭に育ったサッチャーは，刻苦勉励だけが自身の頼みの綱であった．

　果たして，満足のゆく成果は得られた．オックスフォード大にも入学できたし，弁護士の資格もとった．政治の世界へ入っても，英国首相の座までのぼりつめた．そういうサッチャーであったから，イギリス国民に望んだことは「ビクトリア時代に帰れ」と「悔しかったら頑張りなさい」であった．ゆえに倹約，禁欲，自立，勤勉だけが礼讃された．政治姿勢もわかりやすいものだった．反共産主義で，邪のなかの正や，悪のなかの善は認めなかった．そうなると，とうぜん反発もでてくる．閣僚たちのなかにはそのあまりにも露骨すぎる政治姿勢に非協力的な態度を見せる者もいた．「あの女」(that woman) 呼ばわりする者さえいた．しかし，そんなときのサッチャーの反撃は凄まじかった．即刻，呼びつけ，真偽をただし，論争を挑み，場合によってはクビを宣告し，弁解や泣き言にいっさい耳をかさなかった．上のフレーズもサッチャーならではの鋭い一撃である．

> **It has been said that democracy is the worst form of government except all others that have been tried.**
>
> 民主主義は最悪の政治形態らしい．ただし，これまでに試されたすべての形態を別にすればの話であるが．
>
> —— ウィンストン・チャーチル（英・政治家）

民主主義は数ある政治制度のひとつである．では，民主主義とは何か．

民主主義とは，関係者の全員が，対等な資格で，意思決定に加わることを原則にする政治制度である．ゆえに，独裁とか，ファシズムを排除しようとするシステムである．しかし，民主主義を標榜したからといって民主主義が達成されるわけではない．

そもそも民主主義は放っておけば自然発生的に生まれるというものでないし，いろんな人間が参加するから，決定されたものが最善なものになるとはかぎらない．衆愚政治がもたらされる可能性はじゅうぶんにある．独裁政治を招かないという意味においてのみ，他の制度より優れているというわけだ．その意味では「セカンド・ワースト」と呼ぶこともできよう．だから，民主主義を讃えるいっぽうで，かならず存在するのは"優れた少数者による政治"を望む声である．「良いファシスト願望」といってもいいだろう．その意味において，チャーチルの言葉は含蓄があり，ウイットに富んでいる．再び三度（みたび）噛みしめ返してよい政治的大人（たいじん）の言葉である．

> **Don't sleep atop power.**
> 権利の上に眠るな.
>
> —— 市川房枝（政治家）

　日本の政治家が吐いた言葉で何を記憶にとどめておられるか. お年を召した方なら,「ノーコメント」というかもしれない.「ノーコメント」は, ワンマン首相としてならした吉田茂が, 新聞記者たちの質問に"No comment!"を連発したことで当時の流行り言葉になった. 中高年の方なら,「記憶にございません」あたりになるのではあるまいか. これは, ロッキード事件に関係をもった政治家および政商たちが国会答弁で繰り返し用いた常套句で,「一世を風靡した」と形容してもいい有名なフレーズである. このたび日本の政治家の名言をさがしたが, 残念ながら, ほとんどない. あらかじめ予想されたことだが, やはり迷言暴言放言失言が目立つ.「最強の者の理屈がいつももっともよいとされる」(The opinion of the strongest is always the best.) というラ・フォンテーヌの言葉を地でいくような驕慢なものばかりが目についた. そんななかで名言にふさわしい言葉を吐いていると思われたのは, 市川房枝の「権利の上に眠るな」という言葉である. たぶん, この言葉はイェーリングの「権利の上に眠る者は保護せず」を下敷きにしたものだと思われるが, 彼女は政治家になっても生活実感を失わず, 女性の地位向上を叫び, 権利を獲得しても傲慢や驕慢とは縁のなかった数少ない政治家の一人であったと私には思われる.

> **We have the power to make this the best gen-eration of mankind in the history of the world —or to make it the last.**
>
> 我々には，この現代を人類にとって史上最高の時代にする力がある——もしくは史上最後の時代にもできるのだ．
>
> ——ジョン・F・ケネディ（米・政治家）

　ケネディが大統領に就任したのは，東西対立の真っ只中の1961年だった．59年には「庭先」のキューバで革命が起こり，就任した61年の夏にはベルリンの壁が築かれた．就任式で43歳の新大統領は，70歳のアイゼンハワー前大統領を傍らにおいて，「たいまつは新しい世代に引き継がれた」と高らかに宣言した．が，ケネディが引き継いだのはたいまつだけではなかった．カストロ政権の転覆を計るキューバ侵攻作戦という重い荷物も同時に背負わされた．果たして，作戦はあえなく失敗．あげくにキューバはソ連と急接近，核弾頭ミサイルを配備する秘密協定にも合意したのであった．アメリカがあわてたのもいうまでもない．ワシントンまでもがその射程距離内に入るのだ．ケネディは苦悶した．結果，アメリカはキューバへの不侵攻を約束することで，ソ連にミサイルを撤去させた．87年以来，「キューバ危機」の政策決定当事者による会議がもたれている．そこで明らかになったことは，キューバは本気でアメリカに核爆弾を落とすつもりであったということと，そうなったら全面戦争が起こって2億人くらいの死者がでたであろうことである．

Not a single candidate elected at polls in Japan really deserves to be.
この国の選挙で当選するような候補は落選してほしい. ──『情報狂時代』山崎浩一（コラムニスト）

「政治屋は次の選挙のことを考え, 政治家は次の時代のことを考える」(A politician thinks of the next election—a statesman, of the next generation.) とよくいうが, この国の為政者は選挙のことと, そのためのカネ集めしか頭にない政治屋がほとんどであるようだ. そもそも「政治とは, 私的な利益のための公的な行動である」(A・ビアス) とはいえ, この国の政治家はやり口があまりにも露骨かつ下品である. 政治家が尊敬されないのもむべなるかな. アメリカ映画に『アメリカン・プレジデント』というのがある. そのストーリーは大統領（マイケル・ダグラス）とロビイストの女性弁護士（アネット・ベニング）が恋仲になるというものであるが, これを日本にあてはめた場合, 何から何まで成立しないことは誰にでもわかる話であろう. 眉毛の村山が, エナメル頭の橋龍が, 平成オジサンの小渕が若い美女と恋に落ち, それを題材にした映画ができ, 劇場が客であふれかえるなんて, 誰が想像できようか. ホラー映画ならまだしも, 恋愛映画に仕立てあげることなど, 誰一人として想像しえないであろう. 日本の政治家にはエロスも漂ってはいないのである. 少なくとも多くの日本人にとって, 政治家は尊敬の対象でもなければ, 憧れの対象でもない. 困ったものである.

> **Nothing is so admirable in politics as a short memory.**
>
> 　記憶力の悪さほど，政治の世界で重宝なものはない．
>
> 　　　──ジョン・K・ガルブレイス（米・経済学者）

　「誠心誠意，嘘をつく」といったのは三木武吉だ．

　「サルは木から落ちてもサルだが，政治家は選挙に落ちたら政治家ではない」といったのは大野伴睦である．

　わかりやすくて可愛げがある．可愛げがないのは，あの言葉だ．政治が有権者の無知と無関心に基礎をおいているとはいえ，あれだけは人を馬鹿にしている．

　あの言葉とは，「記憶にございません」（I don't recall a thing.）である．語尾の「ございません」も慇懃無礼（いんぎん）にすぎる．この「記憶にございません」が日本の国会で流行（はや）ったことを多くの読者は記憶しているであろう．小学生が授業中に教師に向かっていったという事実もある．

　さて，政治家について，わたしたち日本国民の記憶にないものといったら何であろう．それは名言である．記憶の糸をひっぱりあげても，何もかかってこない．彼らの発言の多くが音声明瞭意味不明瞭，言語平明解読不可能であるからして，名言など望むべくもないか．

　とはいってみたものの，迷言失言暴言放言が多いのは一国民としてやはり気にかかる．やはり日本の政治家には，圧倒的に賢人が少ないのか．

> **The broad masses of a nation will more easily fall victim to a big lie than to a small one.**
> 国民大衆は小さな嘘よりも大きな嘘の犠牲に容易になるものである.
> ——『わが闘争』アドルフ・ヒトラー (独・政治家)

ヒトラーの『わが闘争』は, 人間のもつ冷静さと狂気が存分に感じられてじつに興味深い. 丁寧に読むと, ヒトラーの狂気の部分だけではなく, 冷静さのほうも同程度に分析されるべきだという気がしている.「宣伝は, 鈍感な人たちに間断なく興味ある変化を供給してやることではなく, 確信させるため, しかも大衆に確信させるためのものである. しかし, 大衆は鈍重であるため, 彼らがひとつのことに知識をもとうという気になるまで一定の時間を要する」などと分析, そして「単純な概念を繰り返し反復することだけが, けっきょく大衆に覚えさせることができるのだ」(Only constant repetition will finally succeed in imprinting an idea on the memory of the people.) と結論づけている. これは, 上に掲げた引用句と並んで, われわれ大衆が知っておいてよい警句である.

I wouldn't believe Hitler was dead, even if he told me so himself. (ヒトラーが死んだなんて信じないね. たとえ本人がそういったとしても) と, ヒトラーの側近であり, のちにヒトラー暗殺計画に加わったシャハトは語ったことがあるが, 大衆にとってのヒトラーはいまも死んではいない. とまれ, 含蓄深甚.

> **Speak softly and carry a big stick.**
> 柔らかい物腰で話し，大きな棍棒を持ち歩け．
> ——セオドア・ルーズベルト（米・政治家）

There is a homely adage which runs, "Speak softly and carry a big stick ; you will go too far."（「柔らかな物腰で話し，大きな棍棒を持てば，仕事がはかどる」という衆知の格言があります）というルーズベルト大統領の，けっこう有名な演説からの抜粋である．ルーズベルトは，この言葉どおり，紳士面と軍事力を背景に外交を推進した．これはルーズベルトにかぎらず，アメリカの一貫した外交姿勢だといっても批判の矢はアメリカ以外の国からは飛んでこないだろう．

リベラルを表看板にだしたケネディ政権でさえ，You can get more with a gun and a smile than you can with just a smile.（笑顔と銃のほうが，笑顔だけよりうまくいく）と公言する経済学者（ウォルター・ヘラー）をかかえていた．では，クリントン大統領の外交姿勢はどうか．彼は，大声で話し，小枝を持ち歩いている (Clinton speaks loudly and carries a twig.) とからかわれている．

しかし，その弱腰外交を批判されているクリントンもあの人にはかなうまい．あの人とは，わが日本の元首相・村山富一である．村山はその職にあった当時，「外交は鬼門じゃ」との言葉を吐いて周囲をア然とさせたという過去をもつ．ここまでくると，さすがのクリントンも手も足もでまい．

Diplomacy is to do and say the nastiest thing in the nicest way.

外交とはもっとも慇懃な方法で，もっとも汚いことを行ない，また言ってみせることである．

——『リフレックス』アイザック・ゴールドバーグ

（米・批評家）

　外交官はオモテの顔とウラの顔がずいぶん違うようだ．また，そうでなければそうした任務はつとまらないという．欧米の場合はとりわけそういう意識が強いようで，ヘンリー・ウォートン（英国の外交官・詩人）によれば，「大使とは，祖国のために海外へ嘘をつきに出かけた正直な人間」(An ambassador is an honest man sent to lie abroad for the good of his country.) である．彼ばかりではない．この「外交官は陰険で嘘つき」説を支持する証言はたくさんある．国連事務総長をつとめたノルウェーのトリグヴ・リーは「良い外交官とは，隣人に気づかれることなく，その喉をかき切ることのできる人である」といっているし，かのカサノヴァは「公然たるスパイは大使だけだ」と言いきっている．彼らの話を総合すると，外交官とは，貴婦人に接するエチケットを心得ており，穏やかな口調できわどい話をし，慇懃無礼ともいえる態度で祖国のためにもっともらしい嘘をつく紳士面をした冷血漢ということになる．翻って，日本はどうか．外交官といえば，せいぜい「外国との友好的な関係を築くために派遣された人物」くらいにしか捉えていないのではあるまいか．

Patriotism is the last refuge of a scoundrel.
愛国心は悪党の最後の逃げ場所である.
―― サミュエル・ジョンソン（英・評論家）

　この引用句はボズウェルの『サミュエル・ジョンソン伝』に由来する.

　サミュエル・ジョンソンは, イギリスの詩人・批評家・辞書編纂者である.「二人のイギリス人が会うと, 彼らはまず天候の話をする」(When two Englishmen meet, their first talk is of the weather.) という有名なフレーズを残して有名である.

　『サミュエル・ジョンソン伝』は, スコットランドの弁護士ジェイムズ・ボズウェルの手によって, 1791年に出版された. そのなかでジョンソンは,「愛国心は悪党の最後の逃げ場所である」とボズウェルに語ったという.「悪いやつは言い訳に窮すると, 最後には愛国心をもちだして自分を正当化しようとする」と解される.

　「愛国心」に関しては, わが国にも名文句がある. 幸徳秋水がこんな言葉を残している.

　「国民の愛国心は, 一旦その好む所に忤うや, 人の口を箝するなり, 人の時を掣するなり, 人の思想をすらも束縛するなり, 人の信仰にすらも干渉するなり, 歴史の論評をも禁じ得るなり, 聖書の講究をも妨げ得るなり, 総ての科学をも砕破することを得るなり. 文明の道義はこれを恥辱とす. しかも愛国心はこれをもって栄誉とし功名とするなり……」

　只々謹聴.

Would you buy a used car from this man?
この男から中古車を買う気がしますか？

　アメリカには車検がない．したがって中古車を購入する際，いちばん気になるのは，車を売る人間の質である．信用がおける人間か．それとも，いいかげんなやつか．そこが決定的な問題になる．リチャード・ニクソンは，歴代のアメリカ大統領のなかでもっとも「不人気の」大統領だといわれている．では，どれほど人気がなかったか．ウォーターゲート事件の際，ニクソンは「私は悪者ではありません」(I'm not a crook.) との言葉を吐いている．考えてもみてほしい．大統領みずから「自分は，crook（不正直者・悪者）ではない」といわざるをえなかったほどなのだ．ニクソンはかように人気がなく，また信用がなかった．

　アメリカ国民は，ニクソンを Tricky Dick（ずる賢いディック）と呼び，信用できない男の象徴とした（リチャードの愛称はディックである）．上のフレーズは，「この男が信用できますか．できないでしょ」の意味で使われるのだが，誰しもがニクソンの顔を思い浮かべるというほどの有名なフレーズである．

　ちなみに，友人のアメリカ人によると，カーターのほうがもっとひどかったという．この大統領は中古車を売りつける知識も経験もなかったそうである．カーターが大統領に出馬したとき，その知名度のなさに Jimmy Who?（どこのジミー？）とからかわれたことは有名である．

> **A single death is a tragedy, a million deaths is a statistic.**
> 一人の死は悲劇だが，百万人の死は統計だ．
> ──ヨセフ・スターリン（露・政治家）

　このスターリンの言葉を聞いてすぐさま思いだすのは，映画『殺人狂時代』の，Wars, conflict, it's all business. One murder makes a villain. Millions a hero. Numbers sanctify. (戦争や紛争，これらはすべてビジネスだ．一人殺せば悪人だが，百万人殺せば英雄だ．数は殺人を神聖なものにする）というチャップリンの有名なセリフである．

　かたや"粛清"と称して多数の人間の命を奪った好戦的政治家のつぶやきであり，かたやそうした独裁政治のあり方を非難する映画人からの告発であるが，双方とも数字のもつ力をきわめて冷静に分析していて，ひじょうに興味深い．

　悲しいけれど，この二人のいうとおりであろう．数字というのは恐ろしい．というか，人間が数字にたいして抱くことのできる想像力というのはじつに貧困である．統計としての百万人の死は，身近な一人の人間の死よりも悲劇ではないのである．ましてや，圧政という暴力に巻き込まれて大規模に死ぬということは，おのれの死が政治家たちの餌食になることをも意味するのであるから，なおさらもって悲劇である．何につけ，巻き添えだけは避けたいものだ．

A country like ours that sends "fake" refugees to jail and then imports young girls from the poorer nations of Asia for prostitution shouldn't be allowed to survive. I want you all to think so !

"偽装難民"を牢獄に送り返し，アジアの貧しい娘を輸入して，売春させているこんな国は，滅びてしまえと思う．あなた方も，そう考えてほしい．

——竹中労（評論家）

ある調査によれば，わが国の人口は，2080年には1億人を割るという．これに反して，世界の人口は"爆発"しつづけ，2050年にはおよそ100億人に達するという（2000年現在の人口は約60億人）．地球は，そうした事態に持ちこたえられるのだろうか．生態系としての地球が，食料供給面で養うことのできる人口の限界は70億人なのだそうだ．世界人口がこの70億人を突破するのは2010年頃だと予測されている．そして，その増加分の9割はアジア，アフリカ，中南米諸国に集中するという．そうなれば，爆発的に飢餓状況が拡大，餓死者は年間1億人を超えることも不思議ではないらしい．むろん難民も多数生みだされる．そうなれば，どんなに「わが国は難民を受け入れません」と声高に叫んでみたところで，大した効果は期待できまい．この問題は，近い将来かならず大きな国際問題となるであろう．そのとき日本はどうするか．売春婦だけを受け入れるのか．波風のたつ舌鋒でならしたケンカ屋・竹中労の鋭い一撃である．

4. 逆説のエピグラム

> **Those who praise people to their faces say bad things about them behind their backs.**
>
> 面とむかって人を誉めたがるやつは，陰にまわると悪口をいいたがる．
>
> ——『荘子』荘子（中国・思想家）

「陰で人の悪口をいうな」（Don't speak ill of others behind their backs.）と人を戒めるのは，「その場にいない者はつねに悪者にされる」（The absent are always in the wrong.）からである．

で，そういう陰口のうち，もっともポピュラーでまたタチの悪いのは妬（ねた）みであろう．向かいあったときの賛辞称賛の言葉が，陰にまわると妬みに変わるというのはよくある図である．「妬みは幸福の敵だ」（Envy is the enemy of happiness.）と知りつつも，ついつい口走ってしまう．

ちなみに，私は少々トゲのある人間であるらしい．事実，きのう酒場で2人の悪口をいい，その2日前には7人をいっぺんに"処刑"した．たぶん私もどこかで同じように八つ裂きにされているのだろう．だが，誰が私の悪口をいい，それがどんな内容か，ということを私は知りたくない．「知らないでいる権利」を行使したいと思っている．かのパスカル先生にこんな言葉がある．「もし友人が陰でいっていることをお互いに知るとしたら，たとえまじめに偏見なしにいっているのだとしても，友情はほとんど保たれまい」．

> **Whenever a man's friends begin to compli-ment him about looking young, he may be sure that they think he is growing old.**
>
> 友人が「お若く見えますね」とお世辞をいうように
> なったら，老人になりはじめていると思ってよい
> であろう．
> ──『ブレイスブリッジの館』ワシントン・アーヴィング（米・作家）

又聞きだが，友人のそのまた友人の母親は中学の同窓会に行って「ところで，あなたいくつになった？」と訊いたそうだ．日頃の習慣というのは恐ろしい．

中年の声をきくと人は年齢のことが気になりはじめ，自分が若く見えるか老けて見えるかにことのほか関心を寄せる．とりわけ女性は「お若く見えますね」というひと言が欲しいばっかりに，エステに通い，動かない自転車をこぐ．女性は年相応に見えるとき，それを見逃そうとし（When a woman looks her age, she tries to overlook it.），現実を否定しようとするのだ．

考えてもいただきたい．妙齢の女性に向かって誰が「お若く見えますね」などというだろうか．若い人に若いといったところで，それは白鳥を見て「あなたは白鳥に見えますね」といっていることと同じである．「お若く見えますね」というのは若い人にたいしてはけっして使用されない言葉である．「お若く見えますね」というのは，トドを見て「（見ようによっては）白鳥に見えますね」というのと同じ用法である．

> **Happy families are all alike ; every unhappy family is unhappy in its own way.**
>
> 幸福な家庭はどれもみな同じようなものであるが，不幸な家庭はそれぞれに不幸である．
> ——『アンナ・カレーニナ』レフ・トルストイ
> （露・作家）

　幸福はどれも同じようなものであるが，不幸はそれぞれに不幸である．だからこそ，不幸は語られ，また自慢の種にもなる．「不幸自慢」というのをご存じだろうか．自分がこうむった不幸の惨めさを開陳して競い合うのである．これが酒場では恰好の酒の肴になる．私はこれまで多くの不幸話を聞いてきたが，もっとも感動的だったのはある年上の女性が語り聞かせてくれたものだ．彼女は小さな頃から気管支炎が悪く，一家はその治療費に莫大な金をつぎこんだという．その詳細は省くが，話の最後に彼女がつぶやいた言葉は座を圧した．「もし，ほかの病気で死ぬようなことになったら」と彼女はおごそかにいった．「悔しくて悔しくて，わたし，自殺してやるわよ」．人に暗黒の歴史あり．

　上に引用したのは『アンナ・カレーニナ』の冒頭の一節である．多くの心情を通過して，いまなお名言とされる．作品を読んだことのない人でも，この一節だけは覚えておくとよい．英米人でも多くが聞き及んで知っている．もじりも多い．友人の予備校講師は「できのよい学生は一様にみな同じようなものであるが，できの悪い学生はそれぞれにできが悪い」といっていた．

> **Children have never been very good at listening to their elders, but they have never failed to imitate them.**
>
> 子どもは大人のいうことを聞くのは得意じゃない. だけど, 真似をするのは, 抜群にうまい.
>
> ——ジェームズ・ボールドウィン（米・作家）

親は子どもに, しかるべき礼儀作法をわきまえる人間になってほしいと望む. しかし, よくいわれるように「子どもは, ちゃんとした作法を教えようとする親の努力にもかかわらず, 親のするように振る舞う模倣の天才」(Children are natural mimics who act like their parents in spite of every effort to teach them good manners.) である. 上に掲げたボールドウィンの言葉も同様のことをいっている. フレッド・アステア（俳優）の言葉を借りてもっと直截にいってしまえば, The hardest job kids face today is learning good manners without seeing any. (いまの子どもたちが礼儀を学ぶのはひと苦労だよ. 見習うべき手本がないんだから) ということになる. とはいえ, 親は子どもにたいして欲目があるから, わが子だけは礼節を知るまっとうな人間であると信じて疑わない. 親とはまったく愚かなものである. こと子どもに関しては, 親ほど子どもを美しく誤解できる者はいないであろう. なにをやっても, 最後までかばってくれるのは親である. 「知らぬは亭主ばかり」(The husband is always the last to know.) という言い草があるが, 「知らぬは親ばかり」である.

> **Success is counted sweetest**
> **By those who ne'er succeed.**
> 成功とは，一度も成功したことない人が，もっと
> も甘美なものと考えるもの．
> 　　　　——エミリー・ディッキンスン（米・詩人）

幼い頃，「失敗は成功のもと」（Every failure is a stepping stone to success.）というフレーズをよく耳にした．青年期には，ウィリアム・サローヤン（米・作家）の，「有能な人間は，失敗から学ぶから有能なのである．成功から学ぶものなど，たかが知れている」（Good people are good because they've come to wisdom through failure. We get very little wisdom from success, you know.）という言葉で自分をなぐさめた．

三十路を越えてからは，トマス・カーライル（英・思想家）がいうところの「失敗の最たるものは，何ひとつ失敗を自覚しないことである」（The greatest of faults, I should say, is to be conscious of none.）という箴言をかみしめた．中年にさしかかっては，上記のフレーズの信奉者となった．成功と引き換えにしなくてはならない代償のほうが大きそうである，というのがその理由である．

思えば，負け惜しみの連続である．「失敗は他人のせい，成功は自分の実力」と思っているうちは，成功はほど遠いというべきか．

> **When a dog bites a man that is not news, but when a man bites a dog that is news.**
>
> 犬が人を噛んでもニュースにはならないが，人が犬を噛めばニュースになる．
>
> ——ジョン・ボガート（米・ジャーナリスト）

じっさい人が犬を噛んだところで，それが現在の日本でニュースになるだろうか．たぶん，「あ，そう」でオシマイである．「事実は小説よりも奇なり」（Truth is stranger than fiction.）というが，最近の猟奇事件を見ていると，人間というものはなんと恐ろしい存在であるかとしみじみ嘆息せざるをえない．歴史学者のジェームズ・フルードは，「野性動物はけっして遊びで殺したりはしない．人間は同種族を苦しめて殺すこと，それ自体を愉しむ唯一の動物である」（Wild animals never kill for sport. Man is the only one to whom the torture and death of his fellow-creatures is amusing in itself.）と述べているが，このことを証明する事実はゴマンとある．「愉快犯」という言葉が存在するように，現代の人間はカネが欲しいわけでも，思想的信条があるわけでもなく，ましてやウラミやツラミがあるわけでもなく，たんに「愉快をおぼえたい」というだけで，人を殺してしまう．三島由紀夫の言葉を借りれば，犯罪とは「暗黙の約束の破棄であり，その強烈な反社会性によって，かえって社会の肖像を明らかに照らし出す」ものであるが，だとしたら現代は，まさしく「愉快主義」の社会といえよう．

As soon as Eve ate the apple of wisdom, she reached for the fig leaf ; when a woman begins to think, her first thought is of a new dress.

イヴは知恵のりんごを食べるやいなや，いちじくの葉に手をのばした．女が考えはじめると，まず頭に思いつくのは新しいドレスのことである．

　　　　　——ハインリッヒ・ハイネ（独・詩人）

ハイネといえば，わが国では恋愛詩集の作者として知られ，乙女ごころをくすぐるロマンチックな叙情詩人というイメージが先行するが，じつはとんでもない皮肉屋で，共産主義に理解を示したバリバリの哲学者であった．甘美で清新な調べをうたういっぽうで，人を刺す辛辣な悪罵を好み，マルクスの考えた共産主義の勝利を信じて疑わなかった．

「幸福は浮気な娼婦である．同じところにじっとしてはいない」「恋に狂うとは言葉の重複である．恋とはすでに狂気なのだ」「共産主義は現代の悲劇において，一時的ではあるが大きな役割が与えられている陰の主人公である．合図の言葉を待って舞台に飛びだそうとしている．だから，この役者から目をそらすことはできない」などの叙情詩人ハイネらしくないハイネの言葉がある．

上に掲げたフレーズは，善悪を知る木の実を食べて羞恥心をおぼえたイヴが，いちじくの葉をつなぎ合わせて腰にまいたことをからかっている．乙女ごころを踏みにじってはいるが，ジョークとしては洒落ている．

Coach Bear Bryant was always fair. He treated every one of us like trash.

（大学生で）“クマ”と呼ばれていたコーチのブライアントさんは、どんなときでも差別しない人だった。チーム全員を、平等にゴミ扱いしていた。
──『フォレスト・ガンプ』ウィンストン・グルーム（米・作家）

『フォレスト・ガンプ』は映画にもなったが、「頭が悪いこと」と「判断が間違っているということ」は天地の開きがあるということを教えて人々の心をうった。上のフレーズは、「頭の悪い男」の「正しい判断」であり、感心した。以下に、私の気に入っているフレーズを4つばかり紹介しよう。

・Some people, like me, are born idiots, but many more become stupider as they go along.「ぼくのように生れつきのバカも少しはいるけど、もっとたくさんの人が生まれたあとでちょっとずつマヌケになっていく」

・Learn the infield fly rule : this will give you a good perspective on life.「インフィールド・フライという野球の規則をべんきょうすることだ。この規則は人生がどんなものかをうまく教えてくれる」

・Never get into fights with ugly people because they have nothing to lose.「醜い人とケンカをしてはいけない。彼らは失うものが何もないのだから」

・Dream, but don't quit your day job.「夢を見ること。でも、昼間の仕事はやめないように」

The better I get to know men, the more I find myself loving dogs.

人間を知れば知るほど，私は犬が好きになってくる．

—— シャルル・ド・ゴール（仏・政治家）

洒落ている．発言者をいま一度たしかめたくなるほど洒落てはいるが，この表現にはもとがある．

「人間たちを見れば見るほど，犬に感心したくなる」(Plus je vois les hommes, plus J'admire les cheins.) がそれである．フランス産の風刺句である．英語で言いあらわしたら，The more I see of men, the more I admire dogs. となる．

この成句を知っている英米人がいれば，かなりの教養人と見てよい．『ガリバー旅行記』で有名なジョナサン・スウィフト（英）も「人を見れば見るほど馬が好きになる」と，犬を馬にかえて使っている．

上の例をひくまでもなく，世に悲観論者や厭世家は多く，またそれを自慢げに吹聴してみせる者たちがいるが，そういった連中を，バーナード・ショーは「悲観論者とは，あらゆる人を自分と同様に不愉快な人間だと考え，そのためにすべての人を憎む者である」(A pessimist is a man who thinks everyone is as nasty as himself and hates them for it.) という言葉で理解していた．冷笑家ならではの見事な分析である．これもまた，いえてると思う．

48

> **Empty vessels make the most sound.**
> カラの容れ物がいちばん大きな音をたてる.
>
> ——(ことわざ)

　人は誰でも意見を求められることを好む (Everybody likes to be asked his or her opinion.). しかし, 頼んでもいないのに自説を開陳して「どうだ. 参ったか」みたいにふんぞりかえられると, それがどんなに傾聴に値する内容であったとしても, 耳の奥へはとどかないものだ.

　おしゃべりな人は思慮深さがなく薄っぺらな人間に見えるというのが日本においては通り相場である. Still waters run deep. (静かな川は深く流れる) は, 「能ある鷹は爪をかくす」という日本語にあたるが, これを信じて疑わぬ日本人はそこかしこにいる.

　しかし, ところ変わればである. アメリカでは, 早口でまくしたてると「あの人は知的だ」との印象を与えるという. 口角泡を飛ばして意見を述べれば, 熱意と知性を伝えることに多くの場合, 成功するそうである.

　「意見は最終的には感情によって決定され, 知性によってされない」(Opinion is ultimately determined by the feelings, and not by the intellect.) と喝破したハーバート・スペンサー (イギリスの哲学者) の極言や, 「馬鹿と死者だけは決して自分の意見を変えない」(The foolish and the dead alone never change their opinion.) と述べたジェームズ・ローウェル (アメリカの詩人) の揚言も覚えておいて損はない.

> **One of these days is none of these days.**
> 「近いうちに」は，けっしてやって来ない．
>
> —— （ことわざ）

　年賀状をもらって，ふと思うのである．「今年こそは，ぜひ会いたいものですね」という文句を見るたびに．

　電話をもらって，ふと思うのである．「近いうちに一杯やろうぜ」という言葉を聞くたびに．

　なにを思うかというと，それはたぶん実現されないだろうということを．

　そんな思いを英語では，One of these days is none of these days. と表現する．どう訳したらいいのだろう．英語で読むとリズムがあっていいが，日本語でこのリズム感をだすのはなかなか難しい．

　……さっきからもう20分も考えているが，これだというのが思いつかない．「紺屋の明後日（あさって）」というのがあるが，これを口にしたところで「何，それ？」っていわれるのがオチだし，「近日中は，やって来ない」「近日中は遠い未来」ではパッとしない．「明日（あした）はよした」では遊びが過ぎる．

　けっきょく悩んだあげく，上のようにやってみた．不満は残るが，時間切れだ．「これでどうだ」という訳が思いついた方は，当方までご連絡を．近日中に謝礼を……．と，月刊誌『現代英語教育』（研究社出版）に書いた数週間後，複数の読者から「近々は延々に来ない」と訳したらどうかというお手紙をいただいた．これからはこれでいきます．感謝．

> **The Bible says that the last thing God made was woman; He must have made her on a Saturday night—it shows fatigue.**
>
> 聖書によれば，女は神がつくった最後のものである．神は女を土曜日の晩につくられたにちがいない．疲れが感じられるからだ．
>
> ——アレクサンドル・デュマ・フィス
>
> （仏・劇作家）

サシャ・ギトリー（仏・俳優）の言葉に「女は結婚するためにつくられ，男は独身でいるためにつくられている．そこにすべての悪の根源がある」というのがあるが，ふとしたときに思いだしてはつい「くふくふ」と笑っている．いかにもフランスの俳優らしい，ごもっともな御説につい「くふくふ」となってしまうのである．それにしても女性研究におけるフランス男のしつこさには舌を巻く．際限を知らず，これでもかこれでもかという勢いで新解釈を世界に向けて発信するのである．女性にたいして定義もできない男は，知性もなければ大人でもないといわんばかりに，次から次へと新説をうちだしてくるのだ．それもオブラートに包まず，憎しみを感じているかのようにやるのである．アメリカ人がよくいう「女にウソをつこうとしない男は，女の気持ちにたいする思いやりに欠けている」（A man who won't lie to a woman has very little consideration for her feelings.）などというわけ知り顔の言説は，フランス男なら一笑に付すにちがいない．

> **The things we remember best are those better forgotten.**
>
> もっともよく憶えているものというものは，忘れてしまったほうがよいものである．
>
> ——グラシアン（スペイン・修道士）

所詮，この世はままならぬものである．「人間，顔じゃない」という人にかぎって，顔の造作がマズかったり (People who fit the expression "People are not just faces." are those who do not have lovely faces.)，「忘れたい人が忘れられない人」(People who we want to forget are those we have the most trouble forgetting.) であったりする．あるいはまた，「お金を目当てに結婚するのは，お金を得るもっとも難しい方法」(Marrying for money is the hardest way of getting it.) であったり，「休暇をほんとうに必要とするのは，休暇から戻ったあと」(The time you really need a vacation is when you've just come back from one.) だったりする．

ずいぶん昔のことであるが，田辺聖子の『苺をつぶしながら』という小説を読んでいたら，「人は自分が愛したもののことは忘れても，自分を愛した人のことは忘れないものである」(People forget those they've loved, but not those who've loved them.) という一節にぶつかった．どういうわけか，印象深い言葉として残っている．この言葉は上に掲げた引用句とともに，べつだん記憶しようと思って憶えたものではないが，どういうわけか忘れられない言葉になってしまった．

> **Middle age is when your age starts to show around your middle.**
>
> 中 年とは，腹のあたりに年齢があらわれはじめる頃だ．
>
> ——ボブ・ホープ（米・俳優）

ディズレーリによれば，「青年は過ちを犯し，壮年は争い，老年は悔悟する」(Youth is a blunder, manhood a struggle, old age a reget.) ものらしい．だが，これでは人生，どの時期を生きても，真っ暗である．

青年，中年，老年，どれかひとつくらい輝かしい人生の一時期はないものか．「青春の時期は，いつの時代でも恥多く悩ましいものだ．もう一度やれといわれてもお断りしたい」といったのは吉行淳之介だが，同感である．また昔から「老いては麒麟も駑馬に劣る」（いかにすぐれた人でも，年をとると，ごく平凡な人にも劣る）というから，老年にもまた期待できそうにない．となると，もっともよさそうなのは中年である．そういえば，中年はことわざ氏にもあまりヤリ玉にあげられていない．たまに，Boys will be boys, and so will a lot of middle aged men. （男の子はいたずらをするものだが，それは大部分の中年の男についてもいえる）とからかわれる程度である．中年のいいところは，そこそこ人生経験を積んで，ジョークがしみじみわかる，というところではないだろうか．上に掲げたフレーズは，英語を解する中年なら，太鼓腹をかかえて笑うジョークである．

> **TV, or not TV : that is the question.**
> ＴＶを見るべきか見ざるべきか，それが問題だ．

　ギャグもまた真なり．装いも新たに登場．昔のフレーズで出ていません．

　機知名言とはこれである．誰がいいだしたのかは知らないが，ある知人が面白いのがあるといって聞かせてくれた．

　ご存じ，シェイクスピアはハムレットの独白が下敷きになっている．To be, or not to be : that is the question. (生きるべきか死ぬべきか，それが問題だ) が原文である．

　誰もが思い浮かぶ To go, or not to go : that is the question. (行くべきか行かざるべきか，それが問題だ) といった凡庸な変形とくらべると，上の文は，To be と TV の音が似ていることによって一頭地を抜いている．

　「共感」と「協賛」，「転職」と「天職」，「噂の真相」と「噂の深層」，「けがらわしい」と「毛皮らしい」，「ガラスのお面」と「カラスのお面」，「うさぎ追いしかの山」と「うさぎ美味しいかの山」など，似て非なるものの面白さはその落差による．

　落差とはその場合，音の近似（または同一）と内容の背反である．ゆえに，TV, or not TV : that is the question. は傑作である．少なくとも近い将来においては，これを凌駕するフレーズはおそらくでてこないであろうと思われる．

> **He sat there like a museum director who had just lost the "Mona Lisa".**
>
> 彼は"モナ・リザ"を盗まれたばかりの美術館の館長のような顔をしてそこに座っていた.
> ──『ニューヨーク・スケッチブック』ピート・ハミル（作家）

　言語のすぐれた担い手である作家たちが生み落とした比喩表現を知ることは読書のひとつの愉しみであり，またその作家のユーモアのセンスを判断する試金石でもあるから興味が尽きない.

　ピート・ハミルは比喩表現に心を砕く作家ではない. むしろ，その文章は武骨であり素っ気ないとの印象を与える作家だ（妻の青木冨貴子の文章も浮ついているところがまったくない. 夫婦はやはり似るものなのか）. しかし，というよりも，だからというべきであろうが，ときおり比喩表現をほうり込むとそれがじつに効果的な修辞になる. 「"モナ・リザ"を盗まれたばかりの美術館の館長のような顔」とは見事である. 思わず溜め息がもれた. でも，これが日本人の書き手だとしたらなんともキザったらしく感じられるから比喩はむずかしい. 「火鉢の灰のような顔色で，消え入りそうに小さくそこに座っていた」とやってみてはどうか. 悪くないが（笑），いまひとつだ. ならば，「印籠を盗まれたばかりの黄門さまのような顔をしてそこに座っていた」でどうだ. 「おーい，アホ」といわれるだけであろう. 比喩はかようにむずかしい.

> **Life is complicated enough at 7 am.**
> 　一日は午前7時からもうすでに複雑多岐な様相を
> 呈している．
> 　　　　　　―― (コーヒーメーカーの広告コピー)

　これ，笑えますか．

　仕事や学校がある日の朝は目覚まし時計に起こされる
朝であるから間違いなく眠たい．しかも起きてから家を
出るまでは必要最小限の時間しか与えられていないので
モタモタは許されないときている．

　まずは洗顔．そして歯磨き．顔面の手入れもせねば．
それから髪のセット．そうそうお湯を沸かさなくては．
新聞新聞．身仕度をしなくちゃ．靴下はどれにするかな
っと．朝食は3分ね……．天気予報を聞かなくっちゃ．
えっ，もう7時……と，まさに「一日は午前7時からも
うすでに複雑多岐な様相を呈している」のである．

　このコピーは，そうした朝の慌ただしさを成人向きの
言葉づかいでコンパクトに言いあらわして秀逸である．
そして，このヘッド・コピーの下には，BRAUN 社の
コーヒーメーカーがそういう状況下にあって，いかに
「完璧なコーヒーをいれる (make perfect coffee)」こ
とができるかを説いている．perfect coffee とは，これ
またうまい形容である．complicated のなかにあって
perfect な一瞬．見事な広告である．

> **Oh! come on! Get a bloody move on!**
> 何をしているの！　ったく，早くしなさいってば．
> 　　　　　　　　　　　──エリザベス女王（英）

　1982年7月12日，バッキンガム宮殿のエリザベス女王の寝室に不審な男が侵入するという前代未聞の事件が起こった．そのとき女王は，平静を装い，あわてる素振りも見せず，その男と数分のあいだ談話した．やっと警官が駆けつけたのは，ことが起こって10分もしてからだった．そのとき，緊張の極にあったエリザベス女王は，警官を認めて，思わず上のフレーズを叫んだのである．注目すべきは，bloody なる単語がはいっていることである．bloody は「血まみれの」という意味をもつが，ここではたんに強意のための悪たれ言葉として使われている．

　この bloody は，アメリカでは耳にすることはないが，イギリスでは老若男女問わず頻繁に使う超有名単語である．一般に，bloodyはswearwords（ののしり言葉）のひとつと考えられており，上流階級の上品な人は使わないとされている．が，庶民は好んでこの言葉をよく使う．

　で，どうしてそんな言葉を女王といういとやんごとなき女性が知っているのか．とうぜん，こんな疑問がわく．それは，海軍にいた経験をもつ夫・エジンバラ公の影響であったようだ．たぶん，エリザベス女王は，エジンバラ公のおならや悪態をしじゅう聞いていたのであろう．恐るべし夫婦，恐るべし習慣．

> **A perpetual holiday is a good working defini-tion of hell.**
>
> 毎日が日曜日，これこそが地獄の代名詞だ．
>
> ——バーナード・ショー（英・作家）

気に入らないヤツ，仕事ができないヤツがいたら，仕事をたくさん与えてイジメてやるんだという人がいる．またじっさい，そういったことを目にすることも多い．甘い．ひじょうに甘い．そんなことをしたら，いつのまにか仕事をおぼえて気に入る人間になってしまうではないか．では，そうしたとき何をすればいいか．もっとも効果的なのは何もさせないことだ．何も与えないことだ．蚊帳のソトに出して，あとは知らんぷりをきめこむことだ（私もけっこうえげつないことを考えるなあ）．

ある本を読んでいたら，「人生でいちばん難しいのは，何が重要かを見極め，その他のすべてを切り捨てることだ」（The great challenge of life is to decide what's important and to disregard everything else.）という一文にぶつかった．これも考えようによっては，とんでもなくえげつない．

私を含め，ほんとうに人間はえげつないことを考える．人間というやつは，人を救済することよりも抑圧することのほうに豊かな創造力をもっているのである（Human beings are much more inventive when they're controlling other people than when they're helping them.）．上で示したバーナード・ショーの言葉は，そのへんのところを熟知する悲しいパラドックスである．

> **Drinking is a savage satire on modern civilization.**
>
> 飲酒は，文明に対する一つの辛辣(しんらつ)な風刺である．
> ——『虚妄の正義』萩原朔太郎（作家）

　酒飲みは愛する酒のためだったら「文明」までも持ちだしてくる．まことにその屁理屈たるや頑固このうえなく，下戸(げこ)にはとうてい理解しがたいものであろう．

　日本は酔っ払い天国だという．そういわれれば，じっさい酒のうえのことだとして無礼な態度や失礼な発言がずいぶん大目に見られているような気がする．けれど，その酒飲みにだって悩みはある．酒は身体に血をめぐらせ口を軽快にする魔力があるゆえ，つねに後悔にあとをつきまとわれている．一度たりとも後悔をしたことがないという酒飲みなどいないはずだ．酒を飲んで暴れて苦しんだ翌朝に，どれほど多くの人が「酒はもうやめよう」と思ったことがあることか．

　しかしである．そのやめる決意も酒に相談してみないとはじまらないというのが酒飲みの酒飲みたる所以(ゆえん)である．あたかも二人は腐れ縁の恋人同士のようだ．Alcohol is like love.（アルコールは恋愛のようなものだ）とは，レイモンド・チャンドラー（『長いお別れ』）の甘美な定義である．「酒と人間はたえず闘い合い，たえず和解している仲のよい二人の闘士のような感じがする．負けたほうがつねに勝ったほうを抱擁する」と明晰に分析するのはシャルル・ボードレールである．

They say that you're weak-willed if you can't stop smoking, but with things as they are at present you have to be pretty strong-willed to stay a smoker.

よく意志が弱いからタバコをやめられないといわれますが，いまの世の中じゃ，やめないでいるほうが強い意志を要するといえるんじゃないですか．

――小島功（漫画家）

喫煙が健康に害をおよぼすものであることを承知しながらも，いまなお多くの人々がその習慣から抜けだせないでいたり，抜けだそうとはしていない．隠す必要もないが，私は愛煙家である．いまのところ，やめる意志のない愛煙家である．その意味では，けっこう意志が強いといえる．だが，嫌煙権を無視する"過激派"ではない．嫌煙権はしっかり認めているし，そのための配慮もする．しかし同時に，嫌煙権も認めるが喫煙権も認めるべきだという愛煙家である．ゆえに，「どうか喫煙にご協力ください」があっていいと考える愛煙家である．喫煙は身体によくないという．本人のみならず，喫煙者の傍らにいる人の健康まで害してしまうらしい．面とむかって叱られたことも何度かある．そんなとき私はこう反論する．「車の排気ガスだってそうじゃないか．あなたは車にも，バスにも乗らないのか．一度でも乗ったことがあるのなら，もう少し慎み深く批判すべきじゃないのか」．議論になったら，慎み深く批判する人には全敗だが，そうでない人にはすべて引き分けにもちこんでいる．

5．スポーツの高慢＆芸能の孤独

> **George, you've disappointed me. You've disappointed me.**
>
> ジョージ, おまえにはがっかりだよ. がっかりだ.
>
> ──モハメド・アリ (米・ボクサー)

　1974年10月30日, ザイールのキンシャサで起こった "あの瞬間" をいまなお多くのアメリカ人は記憶にとどめている. 最盛期を過ぎた32歳のモハメド・アリが, 当時「世界最強」と評判の高かった25歳のジョージ・フォアマンを倒したのである. アリはイスラム教の牧師としてヴェトナム戦争に反対, 兵役も拒否し, そのため67年にヘビー級チャンピオンのタイトルを剥奪され, 長いブランクの状態にあった. いっぽうフォアマンは, ジョー・フレージャーとケン・ノートンという二人の強敵をそれぞれ2ラウンドでマットに沈め, その圧倒的な強さを誇って絶頂期にあった. 二人は世界が注目する大試合に備えて, それぞれのトレーニングを開始した. アリは喋りまくり, フォアマンは汗を流した. それは「言葉の力に取り憑かれたイスラム教ボクサー」と「言葉の力に頼らない無敗のボクサー」の前哨戦と形容してもよかった. 下馬評はもちろんフォアマンの圧倒的有利. しかし予想に反して, 試合はもつれた. そして驚いたことに, アリは試合中もお喋りをやめなかった. フォアマンはそんなアリのまえにあって, リズムをつかめなかった. 「ジョージ, おまえにはがっかりだよ. がっかりだ」. アリの宣告がくだって, 第8ラウンド, 無敗を誇ったフォアマンはついに膝を折り, マットに頬を寄せた.

My team, the Giants, will go on forever.

わが巨人軍は永久に不滅です.

——長嶋茂雄（プロ野球選手）

ロバート・ホワイティング（評論家）は選手時代の長嶋茂雄を評して「彼はユニフォームを身につけた野性動物そのものだった」（He was not unlike a wild animal in a baseball uniform.）と形容した. おなじく近藤貞雄も「とくにあの走る姿がカッコよかったな. 原野を走るピューマを思い浮かばせたね」と, 長嶋を野性動物にたとえて往時を振り返っている.

あの奇跡的な明るさ, 官能的な身のこなしは, 野性動物のそれであったのか. そう考えれば, あの言葉づかいにしても納得がいく. あれは野性動物・長嶋茂雄が構築した「長嶋語」と考えればいい.「サバって, どういう字を書きましたっけ? ああそうですか, 魚ヘンにブルーですか」という言語意識は野性動物にちかいものがある. いいかたが悪ければ,「喋るピカソ」と形容してもいい.

だが, その喋るピカソも一度だけ駄作をつくったことがある. 現役引退に際して述べた「わが巨人軍は永遠に不滅です」がそれである.

これだけは長嶋らしくない. 用意と周到が感じられて, 野性味のかけらもない. 私のもっとも気に入らぬ言葉だ. 長嶋はこういうべきであった.「私はきょうここに引退しますが, 長嶋茂雄は永久に不滅です」と.

> **The game isn't over till it's over.**
> 結果は最後になってみないとわからない.
> ──ヨギ・ベラ（米・プロ野球選手）

ヤンキースのかつての名捕手，ヨギ・ベラの言葉である（じっさいは It ain't over till it's over. と語ったとされる）．大統領をはじめ，これまで多くの人に引用されてきた．文字どおりに訳せば「試合は終わってみるまでわからない」となるが，身内の人間に喝をいれるときには「最後まであきらめるな」の意味になり，リードしている敵にたいしては「いまに見ていろ．形勢を逆転してやるからな」の意味をもつ．日常会話でも気安くつかえる便利な言葉として，広くアメリカ国民に知られている．またヨギは，「俺はブ男だ．で，それがどうした．顔でボールを打つわけじゃなし」(I'm ugly. So what？I never saw anyone hit with his face.) という有名なセリフも残している．

野球界からでた言葉で，これと並ぶ名文句といえば，ブランチ・リッキーの Luck is what happens when preparation meets opportunity. (幸運は，準備と好機が出会ったときに生まれる) が頭に浮かぶ．リッキーは，選手，監督，フロントを歴任したが，じつはこのことよりもブルックリン・ドジャーズの会長兼ゼネラルマネージャーとして，初の黒人大リーガー，ジャッキー・ロビンソンを入団させたことで有名である．彼は，人種の壁を打ちこわしたことで大リーグ史上でもっとも尊敬されている人物でもある．

> **Outside of boxing, everything is so boring.**
> ボクシング以外は，どれも退屈だね．
> ──マイク・タイソン（米・ボクサー）

　タイソンには血が騒いだ．全盛期のタイソンはまさに「動く黒い冷蔵庫」であり，リングの上に放たれた野獣であった．そんな彼が「ボクシング以外は，どれも退屈だね」などというのである．これほど相手をビビらせる言葉もほかにあるまい．

　ヘビー級のボクサーというと，かならずといっていいほどモハメド・アリの名が挙がり，「蝶のように舞い，蜂のように刺す」(Float like a butterfly, sting like a bee.) というフレーズが引き合いにだされるが，アリ以外のボクサーで有名なフレーズはというと，Honey, I forgot to duck. （おい，よけるのを忘れちゃったよ）がすぐさま頭に浮かぶ．

　世界ヘビー級チャンピオンのジャック・デンプシーは1926年，ジーン・タニーの挑戦をうけ，10ラウンドを戦って，判定で敗れた．試合後，ジャックは夫人にむかってこういった．「ダッキングする（頭をひょいと引っ込める・よける）のを忘れちゃったよ」．そしてこれがマスコミに取りあげられ，一躍有名フレーズとなった．

　レーガン大統領は1981年，銃で暗殺されかかったことがあるが，そのとき病院に駆けつけたナンシー夫人にHoney, I forgot to duck. とつぶやいたそうだ．

> **Competitions are to be won.**
> 勝負はやっぱり勝たなアカンよ.
> ――横山やすし（漫才師）

　漫才界にこの人ありといわれた横山やすしだが，デビュー当時は不遇の連続だった.

　あたりまえである. 芸も未熟で，持ちまえの鼻っ柱の強さにくわえて協調性をいちじるしく欠いている若者を誰が気に入るというのか. 相棒も次つぎにやすしに愛想を尽かし，去っていった.

　だが，「超」がつくほど負けず嫌いであったやすしは，あきらめなかった.

　やがてやすしは西川きよしと出会い，「上方漫才大賞新人賞」を受賞する. やすしはそのとき，「勝負はやっぱり勝たなアカンよ」と胸をはってみせた.

　しかし，売れっ子になっても，やすしの暴言，暴行，借金はおさまらなかった. 相方のきよしはそのつど目を白黒させた.

　そして，そのきよしが参議院選に出馬するというとき，やすしは「やす・きよの漫才が天下一品や，いうのなら投票せんと落としたら漫才が出来るやないか」と，きよしの落選成就を公言してはばからなかった.

　最後まで“自分が自分が”の人であった.

　晩年の口癖は「もう一度，キー坊と漫才をやりたい」だった.

> **The length of a film should be directly related to the endurance of the human bladder.**
>
> 映画の長さは，人の膀胱が辛抱できる時間と直結させるべきだ．
>
> ——アルフレッド・ヒッチコック（英・映画監督）

　往年の大女優イングリッド・バーグマンの言葉を借りれば，Hitch is a gentleman farmer who raises goose flesh.（ヒッチは鳥肌を立たせる名人よ）である．ヒッチコック・サスペンスの面白さは，本人みずからも語っているように「マクガフィン」（McGuffin）にある．マクガフィンとは，予想を裏切る"手"である．ヒッチコックはこのマクガフィンを映画のみならず，数々のインタビューでも披露している．

　なかでも有名なのは，「俳優は家畜だなんていったことはない．俳優は家畜のように扱うべきだといったのだ」という発言である．Actors are like cattle. と発言したことが暴言として広まったことにたいして，Actors should be treated like cattle. とひねりをきかせて，「俳優は家畜」を前言よりもより強く印象づけたのである．上に掲げた発言はどうか．これは恋愛映画の監督がいってもちっとも面白くない．ヒッチコックのようなサスペンスの巨匠がいってはじめて可笑しみが増すのである．人は緊張の極に達したとき失禁してしまうことがあるが，それを聞く者に想起させて愉快なのである．自信と威厳とユーモアが感じられて，さすがは巨匠・ヒッチと思わせる．

> I didn't fall in love with a married man. The man I fell in love with just happened to have a family.
>
> 　奥さんのいる男性を好きになったんじゃないの．好きになった人にたまたま家庭があったの．
>
> 　　　　　　　　——樋口可南子（女優）

　樋口可南子はいい．三十路をこえて好きになった女性は、黒田福美と彼女以外にちょっと思い浮かばない．あわてて付け加えるが、それは芸能界にかぎってのことである．

　それにしても、こんな言い回し、なかなか口にできるものではない．独立自尊の気迫が立ちのぼっている（大げさか）．他人に侵されない崇高な精神性が感じられる（言い過ぎか）．

　いずれにしても、相当に自分に自信があるというか、自分がカッコいいと思っていなければいえない発言である．いっちゃあなんだが、そこらへんの女性がいったとしたら、石ころをぶつけられるのがオチである．

　男の場合だったらどうであろう．「夫のいる女性を好きになったんじゃない．好きになった人にたまたま家庭があったんだ」

　こういって許されるのは、吉行淳之介亡きあと、伊集院静、萩原健一あたりというところか．役所広司もいいかな．まあ、いずれにしてもこのフレーズを民間人が使うのはひじょうに危険である．

> **Since we have had intimate sexual contact where sperm has passed between us, I feel it only fair to tell you that I have just found out I have AIDS.**
>
> わたしたち二人のあいだには精子が互いに触れるかたちでの親密な性交渉がありましたが，つい先頃になって，私は自分がエイズであることを知りました．ゆえに，このことをお知らせしておくのは正しいことだと考え，ペンをとりました．
>
> ──ロック・ハドソン（米・映画俳優）

　ハリウッドの人気俳優，ロック・ハドソンが「私はホモセクシャルで，エイズ患者だ」と発表したことは，多くの人に衝撃と勇気と感動を与えた．彼の愛人は「有料トイレができて以来の大ニュース」(the biggest thing since the pay toilet) と興奮し，エリザベス・テーラーは，彼がエイズにかかっていると認めたことは「何百万人という人の命を彼は救うだろう」(He is going to save millions of lives.) との声明をだし，マドンナは「ロック・ハドソンへ．子どもの頃から私の憧れていた人．心からお祈りしています．愛をこめて．マドンナ」(To Rock Hudson, my heartthrob since childhood. Saying lots of prayers for you. All my love, Madonna.) と電報を打った．上に掲げた英文は，ロックがエイズだと知った数か月前にさかのぼって性交渉をもった3人の男たちへ送った手紙の一部である．このことをもって，私はロック・ハドソンを，誠実だと思うのである．

> **Husbands are chiefly good lovers when they are betraying their wives.**
>
> 夫って，女房を裏切っているときは，とくにやさしいものね． ——マリリン・モンロー（米・女優）

スターが，スターであることによって味わわなければならない苦痛はいくつもあるのであろうが，マリリンの場合，それがまるごと私生活にも及んだという点において，多くのスターたちよりもさらに不幸であった．じっさい，大リーグのヒーローであったジョー・ディマジオと，売れっ子脚本家のアーサー・ミラーがそれぞれ「マリリンの夫」になりはしたが，いずれも「マリリンの夫」というイメージから逃れることはできなかった．また，イヴ・モンタン，ジョン・ケネディ，そして弟のロバート・ケネディなどの有名人が「マリリンの男」になれたが，それも「浮名をながす」だけにとどまった．この間，マリリンは堕胎，流産をくりかえし，「ほんとうの恋人」(One Great Love) に行きつくことはなかった．でも読者よ，こんなマリリンを尻軽女などとからかってはいけない．ハリウッドにいて，最高にモテる女が恋に落ちないのは，象が針の穴をとおるよりむずかしいと知るべきである．マリリンの残した言葉で，忘れられない言葉が２つある．それは上に掲げたものと，「男が牛耳っている社会だっていいわ．自分が女でいられるかぎりね」(I don't mind living in a man's world as long as I can be a woman in it.) というものである．いずれも，哀しいジョークである．

> **Where have you been all your lives? At an orgy? Listening to Mick Jagger music and badmouthing your country, I'll bet.**
>
> てめえら，いままでどんなふうに生きてきたんだ．乱痴気パーティーか．ミック・ジャガー聴いて，祖国の悪態をついてたんだろ，ええっ．
>
> ──『愛と青春の旅立ち』（映画）

　ルイス・ゴセット Jr. 演じる海軍士官学校の鬼教官が新入生たちに向かっていう言葉である．いかにも軍隊という感じがでていて健康的だ．なかにでてくるミック・ジャガーは，いわずと知れたローリング・ストーンズのヴォーカリストで，不良中年の親分である．もちろん若いときから札つきの不良で，ヤクに溺れ，いい女には片っ端から手をつけた．こんな男だから，グループの他のメンバーもとうぜん不良である．

　キース・リチャーズ──この男は生涯なおりそうにもない不良で，とりわけ若いころはヤクとケンカが代名詞であった．ビル・ワイマン──52歳のときに33歳も年下のモデルに手をだしたという不良である．ロン・ウッド──グループ最年少であるから，もちろんぶっちぎりの不良である．チャーリー・ワッツ──こんな連中を友人としてもっているのであるから，とうぜん不良である．

　さて，この『愛と青春の旅立ち』は，努力と誠実に価値をおいた健康的な映画である．したがって，ローリング・ストーンズの不良たちは誰一人としてこの映画を観ていない．すべてこともなく，健康的である．

> **It's very hard to live up to an image.**
> イメージについていくのは大変なことなんだ.
> ──エルヴィス・プレスリー (米・ロック歌手)

1977年, エルヴィスはある記者会見のしめくくりを, I hope I haven't bored you. (皆さんを退屈させなかったでしょうか) という言葉で結んだ. そして, それがエルヴィス最後の記者会見となった. エルヴィスは多くの人に愛され, いまなお愛されつづけられている「ロックンロールの王様」である. ある女性ニューヨーカーがいう. 「十代の頃, 面白くないことがあると, 家に帰ってよくエルヴィスのレコードをかけたわ. そうすると, モヤモヤがどこかへ行っちゃうの. いまでも効き目は抜群よ」(When I was a teen-ager and something would go wrong in my life, I would go home and play Elvis records, and whatever felt bad inside would go away. Well, it still works.) ロックンロールの王様は, 人気絶頂の折, 請われるまま映画にも多数出演した. なんと9年間に27本も撮った. この間, ツアーもライブもいっさいやらなかった. そして27本撮り終えて, つぶやいた言葉は, I've been extremely unhappy. (ぜんぜん満ち足りなかった) であった. 王様にとって, この9年間はあまりにも長かった. 声はもはや王様の声ではなくなっていた. それからの王様は美食と睡眠薬を友とした. 自分のレコードはなんの慰めにもならなかった. 王様は, 人々がつくりあげたイメージの犠牲になり, 1977年静かに息をひきとったのだった (享年42歳).

6．知の極端

　まるっきり嘘だとわかる嘘をついたら人は欺けない.
嘘つきは真実を知っていなくてはならないし, また真実
にちかいことをいわねばならない. その微妙な匙加減が
一流の嘘つきかどうかの力量を問われるところである.

　むろん記憶力においてもすぐれていないといけない.
いうことがコロコロかわったのでは, 嘘つきとしては失
格である.

　その意味でいうと, 嘘つきは日々, 厳粛な綱渡りを課
せられているといえよう. ところが二流三流の嘘つきは
その緊張に耐えきれない. ついには嘘が露呈し馬脚をあ
らわしてしまう.

　だが, 一流の嘘つきはそうではない. 記憶力と創造力
を駆使して日々生きているから, 人を騙したうえに, 頭
脳の優秀さを称賛され, 周囲からの信用をかちとってい
る. 噂では, 多くの作家や芸術家がそうであるらしい.

　そう考えるとき, A liar will not be believed, even
when he speaks the truth. （嘘つきは, 真実を語ったと
しても, 信じてもらえない）というイソップの有名な言
葉や, Art is a lie that makes us realize the truth. （芸
術とは, わたしたちに真実をわからせてくれる嘘であ
る）というピカソの名言でさえも, にわかに信じがたい
ものに思えてくる.

> **Everyone complains of his memory, no one of his judgement.**
>
> 誰もが自分の記憶力を慨嘆(がいたん)するが，誰ひとりとして自分の判断力は慨嘆しない．
>
> ——『箴言集』ラ・ロシュフコー（仏・作家）

　ラ・ロシュフコーの『箴言集』は世のヘソ曲がりたちの愛読書である．上に掲げた箴言のほかにも，こんな極言がある．

・The reason lovers are never weary of each other is because they are always talking about themselves.「恋人どうしが一緒にいて少しも飽きないのは，ずっと自分のことばかり話しているからである」

・Philosophy triumphs easily over past and future misfortunes, but present misfortunes triumph over philosophy.「哲学は過去と未来の不幸をたやすく克服する．しかし現在の不幸は哲学を克服する」

・Old men are fond of giving good advice to console themselves for their inability to give bad examples.「年寄りは，悪い手本を示すことができなくなった腹いせに良い教訓を垂れたがる」

・There are some good marriages but practically no delightful ones.「よい結婚はあるがたのしい結婚はない」

　人間は経験をつうじてさまざまなセオリーを見つけだしていくが，この『箴言集』には世のヘソ曲がりたちもナットクのセオリーがぐっとつまっている．ご一読を．

> **I disapprove of what you say, but I will defend to the death your right to say it.**
>
> 私は君の意見に賛成しないが，君がそれをいう権利はあくまで擁護しよう．
>
> ——ヴォルテール（仏・思想家）

ヴォルテールの言葉としてよく知られているが，これはヴォルテールがじっさいに口にした言葉ではない．ヴォルテールの論争態度が，ある女性の書き手によってこう形容されたのである（念のため）．

さて，このフレーズはわが日本でも幾度となく活字にされてきた．とりわけ政治の季節といってよい60年代後半から70年代半ばにかけてはこの戒めが頻繁に引用されている．

意見の対立が人格批評の様相を帯び，それが陰湿ないじめや暴力行為といったものに“昇華”されやすい日本にあっては，この言葉を確認しないことには開かれた言論の場をもつことさえできなかったというわけである．

裏をかえせば，「対立する意見をいう権利は認めないが，同意見ならばあくまでそれを擁護しよう」というのが，わが国の場合，あてはまったのである．

オランダのことわざに「名言は多くの場合，行動では腰が重いものである」というのがあるが，頭ではわかっても気持ちがおさまらないということは，悲しいけれど，よくあることだ．

> **That men do not learn very much from the lessons of history is the most important of all the lessons that history has to teach.**
>
> 人は歴史の教訓からあまり多くのことを学べないものであり、この事実こそ、歴史の教える教訓のうちで、いちばん大切なものである.
>
> ──オルダス・ハクスリー (英・作家)

　学校で学んだ歴史はつまらなかった.事件の年代や年号を覚えることがもう苦痛だったし、教師が得意げに開陳するおちゃらけた暗記方法には顔面が歪んだ.なんとか事件にしてもなんとか革命にしても、それは字づらだけのもので当時の切実さとは無縁であった.

　私たちはいったい歴史から何を学んでいるというのか.英語のことわざに You cannot put old heads on young shoulders. (年寄りの頭を若者の首につけることはできない) というのがあるが、歴史の頭も同じことで私たちの首にはついていないようである.とはいっても気にすることはない.そもそも学校で学ぶ歴史とは、「勝てば官軍」を謳歌する者たちが書き記した虚像のロマンであるから、そのようなものから学んだってなんのご利益もない.そう考えればよい.大切なことは、それを教訓として歴史から学ぼうとはしないことである.それが歴史の教訓である.ハクスリーのように歴史の有効性のなさにたいしてもう少し認識を深めたら、歴史も少しは有効な手立てになるかもしれない.

> **An original writer is not one who imitates nobody, but one whom nobody can imitate.**
>
> 独創性のある作家とは，誰をも模倣しない作家ではなく，誰もが模倣できない作家のことである．
>
> ——『キリスト教の精髄』シャトーブリアン
> （仏・作家）

　少々の嫉妬と悪意を込めていえば，独創性とは人に気づかれぬ剽窃である．幾人かの物書きを身近で見ていて強くそう思う．ヴォルテールも『省察と格言』のなかで「独創性とは，思慮深い模倣以外の何ものでもない」(Originality is nothing but judicious imitation.) と言いきっている．

　さて，作家である．それも純文学の話である．いまだに『伊豆の踊り子』なんかが「必読書」になっているのはどういうわけか．この現代でどういった若者が『伊豆の踊り子』に描かれる主人公の性の目覚めに共鳴できるというのか．このようなものを読まされる中高校生は可哀想というしかない．また，この「名作」を読んでいなければ無知と無教養を指摘されるのだから，残酷このうえない．これで若者の文学離れが嘆かれるのだから，あきれてものがいえない．この「名作」のかわりに山田詠美の『快楽の動詞』や柳美里の『ゴールドラッシュ』あたりを読ませたらどうか．言葉の不意打ちにあって，きっと文学に燃える若者たちがでてくるにちがいない．彼女たちの作品には，模倣による独創性とでも呼びたい世界がくりひろげられている．

> **In Japan it's not whether you went to university that's important, but which university you went to.**
>
> 日本は学歴社会ではなくて，学校歴社会だ．

　ひとつの話をしよう．

　A君とB子さんは同じ予備校に通う浪人生であった．A君とB子さんはそこで知り合い，良き話し相手となった．春四月，二人は晴れて大学の門をくぐった．二人は違う大学の，違う学部に入学したのだった．「彼女のほうが偏差値が高い大学に入っちゃいましてね」と彼．しかし彼らは予備校時代にもまして仲良くなり，ほぼ4年間，「彼と彼女の関係」で交際した．

　就職のシーズンがやってきた．二人が第一志望にした就職先は同じだった．そして，またしても彼女が受かり，彼は第三志望の会社に就職が決まったのだった．

　「一般教養も英語も論文も，彼女よりボクのほうがどうみても上だったと思うんです．でも，ボクのほうは大学名がいけなかった．それで落とされたと思うんです．学歴社会のいやらしさをまざまざと思い知りましたよ」と彼．「そんなことぐらいで言い訳がましいこというな．それと，日本は学歴社会じゃなくて，悲しいかな，学校歴社会だよ」と私．こんなことしかいえない自分と，学校歴社会を謳歌しているこの日本が情けない．

> **What, after all, is undying fame ? Complete vanity.**
>
> つまるところ不朽の名声とは何か．ただの虚栄で
> しかない．
>
> ──『自省録』マルクス・アウレリウス
>
> （ローマ皇帝）

　特定，不特定を問わず，多数の異性にモテたいのな
ら，有名人になることである．そして，てっとりばやく
有名人になりたければ，テレビにでることである．日本
のテレビは有名人がでるところではなく，テレビにでれ
ば有名人になれるところである．さて，運よく有名人に
なったとする．つぎに欲しくなるものは何か．それは，
いわずと知れた名声である．しかし，名声はなかなか手
にはいらない．「名声とは立派な人たちが立派な人に与
える称賛」（Fame is the praise bestowed on a good
man by other good men.）だからである（セネカ）．名
声を博したいと思ったら，名声を鼻であしらうことだ．
そうすれば評判があがって名声が手にはいる．タキトゥ
スという古代ローマの歴史家がそういっている．上記の
ように「ただの虚栄でしかない」といってみるのもよ
い．マルクス・アウレリウスは，古代ローマの五賢帝の
一人で，“哲人皇帝”と称された人である．彼はまた，
「名声ののちには忘却があるのみである」ともいってい
る．名声を鼻であしらって名声を博した歴史的有名人で
ある．タキトゥスのいう「立派な人たち」とは，名声を
望まぬ者たちのことであったわけである．

> **Some people think luxury is the opposite of poverty. It is not. It is the opposite of vulgarity.**
>
> ぜいたくを貧しさの反意語と考えている人もいるけれど，それは間違いね．下品さの逆と考えてほしいわ．
>
> ——ココ・シャネル（仏・服飾デザイナー）

「ぜいたくは敵」という時代があった．いまは，「ぜいたくは素敵」だ．老いも若きも男も女も，ぜいたくに暮らしたいと思っている．普通ではイヤだ．あくまでも，ぜいたくに過ごしたい．そう思っている．そう思っているのは日本人だけではない．アメリカ人だってそうである．映画のセリフでは，I don't want just to get by the hard way.「ぎりぎりの生活なんてしたくないんだ」（『ロッキー』）が思いあたる．が，しかし，そのぜいたくは，多くの場合，貧しさへの反発としてのぜいたくである．日本人の場合はとりわけそうである．それが証拠に，日本人のぜいたくは消費と同義である．消費活動ができてはじめて，ぜいたくを手にいれることができると信じている．ファッションのいいところは，ウソを愉しむ精神的余裕が感じられることにある．ところが日本では，ファッションの幅が狭すぎるため，個人のそうした精神的余裕がファッションに感じられることは少ない．ある特定のものが流行というかたちをとって席巻してしまうのである．はっきりいって，下品であり，野蛮である．ぜいたくは複数からの選択をもってあるべきである．

> "Whenever you feel like criticizing anyone," he told me, "just remember that all the people in the world haven't had the advantages that you've had."

「人を批判したいような気持ちになったときには」と，彼はいうのである．「この世の中の人がみんなおまえと同じように恵まれているわけではないということを思いだすんだぞ」
——『グレート・ギャッツビー』スコット・フィッツジェラルド（米・作家）

スコット・フィッツジェラルドは，旧来のモラルを派手に踏みにじって脚光を浴びた1920年代を代表するアメリカ人作家であり，「若くてハンサムで成功してるっていうのはなんて素敵なことなんだろう！」と言い放っても顔に唾をかけられなかった超ド級のいい男である．

しかし，そんな彼も1930年代に入ってからは不遇だった．妻は狂い，友人は去り，作品には恵まれなかった．

この作家にたいする私の愛着は，その生涯が名作『グレート・ギャッツビー』と同様，アメリカン・ドラマツルギーを見事に結晶化させているといった俗言によらない．私がこの作家を好ましく思うのは，『グレート・ギャッツビー』の冒頭で，作中の「私」（＝ニック・キャラウェイ）に「彼」（＝ニックの父親）の言葉を何げなく反芻させている思慮深さによる（上に掲げた言葉がそれ）．

> **You can talk the game, but can you play the game?**
>
> 解説は得意なようだけど，プレーはできるのかい？

「一億総批評家」なる言葉がある．これは，見たもの聞いたものをなんでもかんでも批評してしまう日本人を揶揄して使われる．

衣食足りて，日本人は批評する愉しみを知った．そういえば，日頃ずいぶんと「解説者」や「批評家」や「教えたがり屋」に出会う．おまえがそうじゃないか，という声がいまあちこちからあがった．ハイ，そうです．

さて，口先ばかりなのは日本人だけかというと，むろんそうではない．アメリカ人だって，フランス人だって，韓国人だって負けじと口先を鍛えている．いや，彼らと比べれば，日本人など可愛いもの，比較の対象にさえならないかもしれない．

上記のフレーズは，日頃ヤリ玉にあげられている，競技者・演者からの反撃である．アメリカのバスケットボール界からでた言葉だという．あなたはこの逆襲にたいして再反撃にでるか，それともスゴスゴと退散するか．いずれもダメである．この挑発にのったらおしまいである．批評とは，つねに片想いであり，野次であり，なによりも退屈しのぎである．この遊戯心こそが，競技者・演者をして審美的に輝かせている．批評とはつまり，プレーヤーのためにある．あなたは他人のフンドシでどこまで自分の相撲がとれるか．

> **Dear Lord, the more I try the more imperfect I become.**
>
> 　主よ，努めれば努めるほど，私は不完全になります．
>
> 　　　　　　　　　　　　——『尼僧物語』（映画）

　可憐で気品にあふれたオードリー・ヘップバーンに恋をしたのは男性ばかりではない．女性も多く憧れた．

　年齢層，これもまた幅広い．大正生まれの私の母も，彼女の着こなしやら表情やらを真似たというほどである．国境，世代を超えて影響力をもった女優であったといえる．

　オードリーは『ローマの休日』から『オールウェイズ』まで，計18本の映画に出演している．何がいちばん好きかと問われれば，私は迷わず『麗しのサブリナ』に指を折る．サブリナの「私は決して人生に背を向けることはないでしょう．恋からも逃げたりしないわ」(I'll never, never run away from life, or from love either.) はオードリー自身のものでもあり印象に残っている．

　上記のフレーズは，『尼僧物語』のものである．誰もが聞き及ぶ名文句ではないかもしれぬが，私にとっては実感である．ことほどさように，ものごとは知れば知るほど愉快にもなるし，また悲しくもなる．そして，なによりも確実なものがなくなり，自分が不完全になっていくのを自覚するのである．

> **Everyone is a genius—at least once a year.**
> 誰しも天才になれる。年に一度くらいは。
> ——G・C・リヒテンベルグ（独・物理学者）

　日本人は「天才」という言葉を使いすぎるのではないだろうか。外国語を2つほどしゃべれたり、アフリカの国々の名前をすべて諳んずることができたりすると、それだけで「天才」扱いされることもある——と述べるのはドナルド・キーンである。先日も、あるドイツ人に「日本人は天才という言葉がほんとうに好きですね」と皮肉まじりにいわれた。「数学の天才」「お笑いの天才」「営業の天才」「ナンパの天才」——まるで、天才の大安売りじゃありませんか。そういわれて大きく頷いた。あらためて指摘されると、わたしたちは「天才」好きであることがよくわかる。

　少なくとも西洋の人たちは、「天才」はきわめて稀少な存在であり、ゆえに「天才」なる言葉は神聖であり、むやみに乱発するものではないと考えている。Genius is a little boy chasing a butterfly up a mountain.（天才とは蝶を追って山の頂まで行ってしまう少年のようなもの）といったのはジョン・スタインベックだが、genius という言葉にはどこかしら無垢、神聖、神秘といったものが漂っている。genius の原義が「守り神」であることを考えれば頷けよう。でも、リヒテンベルグがいうように年に一度くらいの自惚れなら神サマも許してくれそうな気がするが、どうであろう。

> **The search for happiness is one of the chief sources of unhappiness**.
>
> 幸福の追求こそが，不幸の主たる源泉である．
>
> ──エリック・ホッファー（米・哲学者）

幸福とはいかなるものであるか．「すべての幸福は心のなかにある」（All happiness is in the mind.）という人がいる．要は，気持ちのもち方だというのだ．

しかし，それでは納得しない人もいる．『悪魔の辞典』のビアスによれば，「幸福とは，他人の不幸を見つめているうちに湧きあがってくる心地よい感覚」（Happiness is but another name for an agreeable sensation arising from comtemplating the misery of another.）である．幸福に感じるか惨めに感じるかは他人との比較によってつくりだされるというわけだ（It is comparison that makes men happy or miserable.）．

いずれの定義もなるほどと思うが，いくぶん刺激が強すぎて私の好むところではない．むしろ私は，ホッファーのように「幸福の追求こそが，不幸の主たる源泉である」と考え，トーマス・ジェファーソンのように「幸福は富や名声のうちにあるのではなく，静寂と生業のうちにある」（It is neither wealth nor splendor, but tranquility and occupation, which give happiness.）と構えたい．が，悲しいかな，現実はこれを裏切り，じっさいの私は他人の不幸に天使のような微笑を浮かべ，子猫を抱いたような幸福感に浸ることがある．

A man is known by the silence he keeps.

人はその守る沈黙によって判断される.

—— オリヴァー・ハーフォード

(米・ユーモリスト)

「沈黙は金なり」「口は災いのもと」などの言葉があるように，日本ではズバズバと意見を述べることを敬遠しがちだ．しかし国際社会では，Silence is not gold (en).（沈黙は金ならず）であり，意見を表明しないことは慎み深さをあらわすどころか，たんなるデクノボーとしか思われない……と，これまでさんざんいわれてきた．じっさい，自分の意見をきちっと述べる人は，見ていてすがすがしい．でも，思ったことなら何でもいっていいというわけではあるまい．雄弁が強調されてもいいが，沈黙の効用をなおざりにするのは軽率にすぎる．雄弁でならしたかのゲーテさえ，「才能は静けさのなかでつくられ，性格は世の激流のなかでつくられる」(Talent develops in quiet places, character in the full current of human life.) と述べている．じっさい西洋の先人たちの言葉を渉猟してみると，意外や意外，沈黙の大切さを説く箴言にあちこちで出くわす．上に掲げたハーフォードの言葉は，A man is known by the company he keeps.（人の善し悪しはその交友を見ればわかる）のもじりであるが，沈黙の重要性を印象づけることに成功している．さらにこれをもじって，A man is known by the silence he avoids.（人はその避けようとする沈黙によって判断される）とやるのは，いかがなものか．

7．過激な挑発

> **There are plenty of people who could be President or Prime-minister, but there's no one who could replace me.**
>
> 大統領や総理大臣には代わりがいるだろうが，オレの代わりはいないんだ．
>
> ——勝新太郎（俳優）

　私，好きなんである，この人が．

　勝新太郎は，非常識がつねに愛敬と結びつき，愛敬が間違いなく非常識になるという特異の人である．愛敬と非常識が同時にでてくるのである．愛敬を父にもち，非常識を母にもつ突然変異であるといったら言い過ぎか．トボける．ダダをこねる．ひらきなおる．すかす．どれをやっても愛敬があり，また非常識である．大麻所持で逮捕されたときでさえ，この愛敬と非常識は止むことはなかった．「知らぬうちに，（大麻が）パンツのなかに入っていた」などと真顔でいうのである．そして謝罪と反省は，妻・中村玉緒に一任される．この，勝が悪さをして，玉緒が謝るという連鎖はとどまることを知らないかのようだ（ちなみに，ナンシー関はこの連鎖を永久運動であるとまでいっている）．たしかに，大統領や総理大臣の代わりはいても，勝新の代わりはいないであろう．疑う向きは，『座頭市』シリーズや『兵隊やくざ』シリーズを観てみるとよい．勝新の画面に引き込む力に圧倒されるであろう．ぜったいに名優であると私は思う．日本映画はもっとこの名優をつかっていい（と書いた直後の1997年6月21日に他界した．享年65歳．合掌）．

There is no such thing on earth as an uninteresting subject; the only thing that can exist is an uninteresting person.

　この地上に興味のないことなんて何ひとつ存在しない．存在するのは，興味のない人間だけだ．

　　　　──『異端者の群れ』ギルバート・チェスタトン

　　　　　　　　　　　　　　　　　　（英・作家）

　寅さんの数ある迷言のなかに「てめえ，さしずめインテリだな」という傑作があるが，チェスタトンも進歩派知識人をひどく嫌悪した一人である．日本ではチェスタトンといえば，推理作家として知られ，その逆説的諧謔（かい）に満ちた作風が高く評価されているが，チェスタトンの拠って立つ場は「正統」を守りぬくことであった．たとえば『異端者の群れ』を読んでみるといい．そこでは進歩派知識人や反キリストの異端者が論理的な言葉でもってこっぴどくやられている．あるいは，『正統とは何か』を一読してみるといい．ここでは伝統や慣習についての考え方がとてつもなく刺激的な表現で提示されている．「進歩」「革新」などという言葉は耳に心地よいが，これらの言葉はチェスタトンのまえにあっては形なしである．私自身についていえば，この冷たい頭をもった保守論者の著作に悩殺されっぱなしである．チェスタトンは『異端者の群れ』のなかで上記のフレーズをつぶやいているが，興味のない異端者たちの考えることには強い興味をもったようだ．この発言には逆説的諧謔以上の凄みがある．

Christianity will go, it will vanish and shrink. I needn't argue about that, I'm right and I will be proved right. We're more popular than Jesus now.

キリスト教はいずれなくなってしまうだろう．衰退して消滅してしまうさ．そのことについて議論の余地はない．僕のいっていることは正しいし，やがて正しいことも証明されるだろう．僕らはいま，キリストより人気があるんだ．

――ジョン・レノン（英・ミュージシャン）

この発言（1966年）は，ひどく物議をかもした．とりわけアメリカでは十八番の「極端に走る」者があとを絶たたず，おおいなる盛りあがりを見せた．

「ある日，革命の機が熟すと共産主義者がビートルズをテレビに登場させて，多くのアメリカの若者を惹きつけてしまうでしょう．それを考えると，ゾッとします」などと発言する牧師が登場したし，ジョージア州ではある放送局が音頭をとってビートルズのレコードを焼いてしまおうというイベントを企画し，またそれがテレビで放映されたりもした．

のちにジョン・レノンはこの発言は間違っていたと弁明，本心では神の存在を信じているし，自分はクリスチャンなのだと表明したが，キリストと人気勝負をして，またそれが真にうけられたというビートルズはやはりすごいというべきであろう．

> **Without any makeup, you'd look just like me.**
> あんた，化粧しよらんかったら，アタシみたいに
> なりまっせ．
>
> ——化粧品のセールスおばさん

　友人から聞いた話なのだが（大阪発），その内容のあまりの迫力に思わずのけぞった．友人がいうには，そのおばさん（推定55歳）は，髪はきれいにセットしているのだがなんといっても顔の造作がまずく，そのうえに地顔がどす黒いときているのだそうだ．おばさんの名を春風薫という．というのは嘘で，どこからみても『ドカベン』にでてくる岩鬼を中年女にしたような感じだという．じっさい，タテ，ヨコ，ナナメ，どこから眺めても化粧とは縁遠いという顔をしているのだが，化粧品を売らせたら小学生の女の子でも財布に手をかけるという凄腕のセールスレディなのだそうだ．

　このおばさんには聞く者の心胆を寒からしめる必殺技があった．行く先々で「あんた，化粧しよらんかったら，アタシみたいになりまっせ」とやんわりと凄むのだそうだ．これを聞けばお肌つるつるの肌美人でさえも恐怖の鳥肌が全身を覆うという．私はこの話を聞いて脳細胞に悪寒が走った．ココ・シャネルの言葉に「二十歳の顔は自然の贈り物．五十歳の顔はあなたの功績」(Nature gives you the face you have at 20 ; it is up to you to merit the face you have at 50.) というのがあるが，そのおばさんはシャネルの言葉を誰もが予想しないかたちで実践してみせた稀有な例といえよう．

> **Pay no attention to what the critics say ; there has never been set up a statue in honor of a critic.**
>
> 批評家のいうことに決して耳を傾けてはいけない．これまでに批評家の銅像が建てられたためしはないのだから．
>
> ——ジャン・シベリウス（フィンランド・作曲家）

批評家を英語ではとくにクリティックというが，ほんらいはインテレクチュアルに属する人をいう．インテレクチュアルは「知識人」と訳されるが，もとは世に充満する知識の全貌を捉え，根っ子を探しあて，その分析を世に問う作業をする人たちである．古くはギリシャやローマの昔から存在し，社会の少数者でありながらも，高踏的な存在でありつづけた．ところが情報化社会をむかえて，インフォメーション（情報）をうまく駆使してインテリジェンス（知性）に変えるアナリスト（分析家）やスペシャリスト（専門家）が台頭すると，社会を総体的に理解しようとするインテレクチュアルたちは辺境に追いやられ，隠遁生活を強いられることとなった．で，クリティックと呼ばれる人たちはどうしたか．少なくともこの日本では，世論におもねり，好意的な反応をあてこんでいるうち，売文のコツを習得して相対主義者になったようである．これでは家は建っても銅像は建つまい．こんなことを書くと，「銅像なんていらない」との言葉がかえってきそうだが，これもまた情報化社会批判が情報化社会的に消費されてしまうことの好例である．

> **Please do not shoot the pianist. He is doing his best.**
>
> ピアニストを撃たないでください．最善を尽くしているのですから．──『アメリカの印象』オスカー・ワイルド（英・作家）

　1882年にアメリカを訪問したワイルドは，「世界でもっとも裕福な町であり，またもっとも荒っぽい町であるという評判」のコロラド州レッドヴィルに足をはこんだ．たまたま立ち寄ったダンスホールのピアノの上に掲げられていたのは，「ピアニストを撃たないでください．最善を尽くしているのですから」の文字．のちにワイルドはある講演で，「それは芸術批評のあり方として，私が今までに見つけた唯一理性的なもの」と述べて，多くの人々の記憶にこの刺激的なフレーズをとどめた．

　先年，とあるピアノ・バーで，あまりうまくないピアニストを指さしながら，Please do not shoot the pianist. She is doing her best. と友人のカナダ人女性に冗談めかしていったら，ひどくうれしがられた．じっさいこの文句を知っている教養人は多い．そういえば，D・グーディスの小説は『ピアニストを撃て』(*Shoot the Piano Player*) だったし，またそれはフランソワ・トリュフォーによって映画化されたりもしたし (*Tierz sur le Pianiste*)，さらにその映画に触発されたというエルトン・ジョンは名盤『ピアニストを撃つな』(*"DON'T SHOOT ME I'M ONLY THE PIANO PLAYER"*) を世に送りだしている．

> **You are the pits of the world! Vultures!
> Trash!**
>
> てめえら，最低だよ．汚ねえ野郎だ．クズ野郎
> め．
> ──ジョン・マッケンロー（米・テニス選手）

わたしたちは，ジョン・マッケンローを愉しんだ．こ
の「悪ガキ」は，ちょっとでも気に入らないことがある
と，それが審判であれ観客であれインタビューアーであ
れ，すぐに癇癪をおこし喰ってかかった．その表情，
態度は見ていて愉快愉快であった．まさに「悪童」とい
うあだ名がピッタリの悪ガキであった．

あるとき，試合後のインタビューで「今夜はどのよう
に過ごすつもりですか？」と訊かれ，すぐさま「そんな
こと，アンタには関係ないだろ」（None of your busi-
ness.）といったのは笑えた．インタビューアー（日本
人女性）の目がテンになったのはいうまでもない．

上に掲げた悪態は，1981年のウィンブルドン大会で審
判や観客に向けて発したものである．the pits とは「最
低の人間（場所）」で，You're the pits of the world. と
やれば，「てめえらは人間じゃねえ」となる．Vultures!
は，「弱い者いじめをする冷酷で残忍な人たち」を痛罵
するときに使う便利な言葉である．もともとはハゲワシ
のような「弱いものを食い物にする鳥」を指す言葉だっ
た．Trash! は，文字どおり「ゴミ」である．「クズ野
郎」とか「役たたず」という気持ちを込めて使用する．
こういうジョン・マッケンローの愉しみ方もあった．

> **You might as well be speaking Swahili.**
> あんたのいってることはスワヒリ語も同然だ.

　難しい言葉を好んで使う人がいる. 学生の頃はそうい
う文章に接すると軽い劣等感をおぼえたものだが, いま
では野暮ったい自意識が感じられて, たんにマヌケとし
か思われない.

　もってまわった表現を好む人がいる. 以前はそういう
文章に出会うと「インテリっぽくていいな」と思えたも
のだが, いまでは俗悪っぽい高慢さが感じられて, たん
なるバカとしか映らない. 要するに, 野暮な真面目さが
嫌いになったのだ, 私は.

　「これから僕が語ろうとするところのことは, すべて
ひとりの作家としての僕が, 小説を書こうとして自分自
身を, 作家という仕事独自の (それがなにかほかの仕事
にくらべて, 特別にすぐれているとかいう意味あいでは
ないが) khaos にむけて方向づけようとする時, 僕が経
験する内容である」(大江健三郎) という文章はどうか.
……私は泣いた. この文章を読んで理解しようとしてい
る自分が情けなくて. こうした文章を果たしてこの日本
でどれほどの人が一読して理解できるというのか.

　重々しく訓戒するのはいい. がしかし, 難解な言葉の
羅列だけはやめていただきたい. 読者をナメてるじゃな
いか. スワヒリ語にはちょっと悪いが, そんなときは上
のフレーズを一発かましてみるとよい. 袈裟掛け殺法的
効果が期待できる. ある口の悪いアメリカ人から聞いた
フレーズである (私に向けられた言葉ではない. 為念).

> **I hope that more and more women decide not to have children. Only those who really want them should.**
>
> 子どもを産まない女がふえてくれることを心から望みます．どうしても産みたい人は，どうぞ産んでください．　　　──『ニュー・ウーマン』千葉敦子
>
> （ジャーナリスト）

　千葉敦子は，乳癌で命を絶たれる最期まで「性差別と闘う」フェミニストであったが，同性にたいしても毅然として厳しい言葉の矢を放った．「身の回り1メートル50センチのことしか興味のないような女が多いのにはうんざりします」などと言い放って，頭のシャッターを閉ざした女性たちを寄せつけなかった．ボーヴォワールは「女は女として生まれるのではない，つくられるのだ」(One is not born a woman, one becomes one.) といったが，千葉敦子は「女は女として生まれるのではない，つくりあげるのだ」という人生を実践したように思う．千葉は『ニュー・ウーマン』という本のなかで，深沢七郎の「子どもを産むのは罪悪である」という意見に賛同の意を示し，現在の人口および環境問題，そして女性問題を考えるとき，女性はできるだけ子どもを産まないようにすべきだと力説，新しい価値観をもった女性たちの出現に期待を寄せた．漠然たる印象でいうのだが，こうした結論に行きつく人が最近ふえているように思う．村上春樹の『羊をめぐる冒険』にも「世界に対して文句があるなら子供なんて作るな」という一節があった．

> ## Guns don't kill people. People kill people.
>
> 銃が人を殺すのではない．人が人を殺すのだ．
>
> —— 全米ライフル協会

「ごもっとも」といいたいところだが，銃をスカッドミサイルに，あるいは毒ガス，核兵器にかえてみるとよい．いかにこの表現が暴論であるか気づくであろう．しかしながら，銃は，依然としてというか，以前にもましてその存在価値を誇示して倦むことがない．日本の大新聞の社説なんかは無視されっぱなしである．

アメリカに「全米ライフル協会」というのがある．銃の必要性を熱心に説く組織である．上のフレーズはそこのスローガンである．この組織は，銃がなくては困るという人たちが支持している．銃で肉親の命を奪われた者，「銃には銃で」と考える者，ハードボイルドの小説家とその読者たちがそれである．彼らは「銃で身を守る権利」をあくまで主張してゆずらない．

現在，アメリカには2億丁をこえる銃があり，一日平均 60人から70人がその犠牲者になっているという．これは，他の所持品と同じく，銃もまた，持ったら一度は使いたい，あるいは使うことを期待されているということを明らかにしている．拳銃のたたずまい．拳銃に寄せる信頼感．こうした拳銃の挑発性に抗うことは難しいということを証明している．銃の規制，銃社会の消滅を願う者たちは，この問題からまず考えてみなくてはならない．銃の危険性を説く言説は，銃の魅力を凌駕してはじめて言葉たりうる．

School regulations are more important than the Constitution inside the school gates.

校門をくぐったら，憲法よりも校則が優先する.

——福岡県某中学校生徒会役員

『朝日新聞』の記事から見つけた（'94.7.16）．中学校で丸坊主を強要しているのは，九州地区に多いという．鹿児島県などでは全中学校の九割が丸坊主を男子生徒に義務づけているという．

福岡県のある中学校でのこと．ある生徒が「子供の権利条約でも，こういう（長髪）権利は認められている」と反論したところ，生徒会の役員が「校門をくぐったら憲法よりも校則が優先する」との返事をしたという．

私はあまりの衝撃に，思わずこの記事を切り抜いてしまった．いま，読み返してみてもすごい内容である．自衛隊よ，出動せよ．そう思う．

「人間は，いかなることにも馴れる動物である」（ドストエフスキー）というが，それにしても校則という名のもとにずいぶん勝手なことがなされているようだ．「異性との交際は成績50番以内の者に限る」（高校・奈良）とか，「廊下は壁から10センチ離れて歩き，曲がるときは90度で曲がる」（中学・長野）なんていうのがあるかと思えば，なんと「相手が父親や兄弟でも異性だから，郊外で一緒に歩いてはいけない」（女子校・東京）なんていうのから，さらには「授業中のクシャミは3回まで許すが，それ以上出る場合は保健室で休む」（高校・大阪）というのまである．じつに気に入らない．

Only death cures fools.

馬鹿は死ななきゃ治らない.

　　　　——『清水次郎長伝』広沢虎造（浪曲師）

　次郎長親分から金毘羅参りを仰せつかった森ノ石松が，道中禁じられていた酒を呑んだために，非業の最期を遂げる．そこに入る一節である．出典はともかく，人口に膾炙している俗言であろう．「馬鹿につける薬はない」（No medicine can cure a fool.）と並ぶ俚言といってよい．

　なんといっても，馬鹿を馬鹿にするのは愉しい．だから，私もよく人を馬鹿にする．人を馬鹿呼ばわりしていると，酒はうまいし，女性も綺麗に見える．えっ，芥川龍之介が何かいってるって？

　「阿呆はいつも彼以外のものを阿呆であると信じている」（『河童』）

　へえ．そうか．じゃ，私も堂々，阿呆の仲間入りってわけだ．

　さて，世に愚か者を嘲笑する言説は多いが，馬鹿に寛容な俗言も多い．寺田寅彦は，「ばかを一ぺん通ってきた利口と始めからの利口とはやはり別物かもしれない」と馬鹿の効用を認め，一度は馬鹿をやることを勧めている．馬鹿をとおらねばわからぬこともあるから，馬鹿も一度はしてみる価値がある．そういっている．英語でも，「無知は人生の平穏」（Ignorance is the peace of life.）だとか，「無知は至福」（Ignorance is bliss.）などの表現を用意して，馬鹿を救済している．

Attractive women should be for all men to share.

素敵な女性は，ぜったいに男たちの共有物であるべきだ．

——赤塚不二夫（漫画家）

　簡明率直な女性観とはいえない．たんなる暴言である．

　公序良俗に照らしてみれば，どう考えても暴論である．しかし，「わからないこともない」というのもまた本音だ．じっさい，女優の紺野美沙子が結婚したと聞いたとき，「相手の男は独占禁止法にひっかかるのではないか」との考えが私の頭をよぎった．また相手の男性がテレビ局の人間だと知って，「これは業務上横領ではないか」とひどく憤慨したという過去を私はもつ．

　そもそも，いったいどこの誰が結婚などという愚かな制度を考えついたのか．「結婚はクジを引くようなもの」（Marriage is like a lottery.）というフレーズをよく耳にするが，この俗言が含意するところは，結婚には当たりハズレがあるというのではなく，ほとんどの結婚はハズレであり，当たりの確率は鳥取砂丘で一枚のコンタクトレンズを見つけだす確率に等しいということである．

　であるからして，素敵な女性の幸福を考えるとき，そしてそれが女優であればなおさらのことであるが，結婚などという野暮ったいことはせず，男たちの憧れの存在であってほしいと切に願うことは当然中の当然ではあるまいか．

> **Don't compare yourself with others.**
> 自分を他人と比較するな.

　浅読みは禁物である. 学校や職場の朝礼などでよく耳にする言葉であるが, どう考えても暴言である.

　「自分を他人と比較するな」とは, どだい無理な話である. 人の歴史とは, 「他人との比較の歴史」じゃないか. ラディゲも『肉体の悪魔』のなかで, 「ある人たちにとっては不幸なことが, 他の人たちにとっては幸福なのだ」と具体的かつ明晰に言い放っている.

　人は所詮, 「演技するヒト」なのである. デカルトの「我思う. 故に我あり」(I think. Therefore, I am.) をもじっていえば, 「君がいる. ゆえに我あり」(You exist. Therefore, I am.) なのであり, 自分という存在は他人によって発見され, 規定されるのである.

　「自分と他人を比較するな」を額面どおりに実践すれば, 社会性どころか社交性も身につくまい. 「自分を他人と比較することを忘れてはならない」(Don't forget to compare yourself with others.) と言いなおすべきである.

　また, よく「自分は人とは違うんだ」と自己の超越性を誇って威張る人がいるが, あれも他人の行為の陰画をうつしだしているだけの虚仮おどしにすぎない. 「自分は人とはちょっぴり違うんだ」と謙虚に言いなおしていただきたい. だいぶ違っていれば, 本人が気づかずとも, 周囲が婉曲的間接的な表現で指摘してくれる.

> **Think as a man, behave as a lady, and work as a dog.**
>
> 　男のように考え，淑女のように振る舞い，犬のように働け．

　上に掲げたフレーズは，立身出世を夢みる女性たち（とくにアメリカ人女性たち）の合言葉である．キャリア・ウーマンが立身出世しようと思ったら，それこそ男の数倍のアタマと体力が要るといわれる．Whatever women do, they must do twice as well as men to be thought half as good. Luckily, this is not difficult. （何をやるにせよ，女は男の2倍やってはじめて，男の半分の力があると認められる．幸いにして，これはむずかしいことではありません）といったのは，オタワ市長のシャーロット・ホイットマンだが，出世してこれくらいのことはいってみたいものだと思っている女性は多いようだ．しかし，いやらしいことに，功成り名を遂げたあとでも，男たちは出世した女の背後に男の存在を見ようとする．「あの女には○○が後ろについている」などという風評をたてたがるのである．Frankly, I couldn't sleep my way to the middle. （率直に申し上げますが，男と寝てたんじゃ中間までもたどりつけなかったわよ）というアメリカ人女性のコメントを目にしたことがあるが，この発言に出会ったとき，じっさい出世した男たちのほうが自分の上司やシステムと「添い寝」してきたのではなかろうかと考えてしまった．これはおそらくあたっているだろう．

> **The problem with you is you don't have a sence of humor.**
>
> あんたの欠点は，ユーモアのセンスがないことだね．
>
> ──『私刑』パトリシア・コーンウェル（米・作家）

　他人から何といわれたら，あなたはむこう十年再起不能に陥るだろうか．ある人は「ろくでなし！」のレベルでうなだれるというかもしれない．またある人は「人でなし！」とまでいわれないと消沈しないと公言するかもしれない．申し訳ないが，それらは嘘であろう．そんなことを人前で開陳する間抜けはまずいないからである．「最低」「クズ」「頓馬」「おたんこなす」など，その瞬間にかぎって人を蔑み，罵倒する言葉はたくさんあるが，むこう十年となるとなかなか思い浮かばないし，人前で自分の弱みを見せるこの種の質問には正直に答えてはくれまい．そっと教えるが，日本の成人男子の場合，これは実例もいくつか列挙することもできるのだが，それは「人望がない」である．「君は能力もあるし，実力もある．それは認める．でもねえ，なんというか，人望がないからなあ」．これで決まりである．では，英米人の場合はどうか．彼らに向かって「おまえはユーモアのセンスがない」といったら，それは「おまえは生きている資格がない」ということに等しいほどの響きをもつ．滞米生活の長い友人がそういっていた．事実，アメリカの未婚女性たちは結婚条件のトップランクに「ユーモアのセンスがあること」を挙げている．

8．人種の重荷＆文化の掟

> McClane : I didn't realize they celebrated Christmas in Japan.
>
> Takagi : Hey, we're flexible. Pearl Harbor didn't work out, so we got you with tape decks.
>
> マクレーン「日本でもクリスマスを祝うとは知りませんでした」
>
> タカギ「いやあ，私たちは柔軟なんですよ．真珠湾は失敗したから，今度はカセットデッキで攻撃したんです」 ──『ダイ・ハード』(映画)

　1988年に公開されたアメリカ映画である．ところはロサンゼルスの最高級ビルに支社を構える日本企業のＸマス・パーティーの会場．会話は，そのパーティーに招待されたマクレーン警部（妻はその日本企業で働いている）と，支社長のタカギさんのものである．私はこの場面を目にしたとき，日本人もここまできたか，と正直感激した．アメリカ映画のなかの日本人は，1980年代までひどく不気味な存在だった．たとえば，『ティファニーで朝食を』（61年）を観てみるとよい．その圧倒的な不気味さに当の日本人すら身震いするはずである．「チビで出っ歯，カメラをぶらさげニヤニヤ笑う眼鏡をかけた黄色い人」──それが彼らの目に映る日本人であった．アメリカ人相手に英語で丁々発止やりあう日本人など，80年代以前のアメリカ映画には誰一人としていない．ましてや，彼らが歴史上もっとも怒ったとされる「真珠湾」をジョークにするなど，およそ想像の埒外であった．

> **To put it frankly, the modern Japanese want to be white.**
>
> はっきり言えば，近代日本人は白人になりたいわけですよ． ——『物語論批判』岸田秀（心理学者）

　あるアメリカ人の友人がいう．Ninety percent of Japanese hate being Japanese.（日本人の90パーセントは日本人が嫌いだね）と．そして，そうした感想について岸田秀はこう分析する．いわく，日本人は黒船に「強姦」されたのです．以来，日本人は西洋コンプレックスをもつに至り，白人になりたいという願望をもって，この「近代」を生きてきたのです．たとえば，日本人の男は憑かれたように白人女性を抱きたがりますが，あれは白人に近づくための「一種の強迫的儀式」です．しかし，どう頑張ってみたところで，日本人は白人にはなれっこありませんから，「欧米に対して日本はいつまでも劣者」のままです．アジア，とりわけ朝鮮にたいする日本人の態度もこれで説明がつきます．つまり，「白人と同一視した自分のイメージと，白人になれない自分との分裂，そこからくる屈辱感をごまかすために，劣等な日本人を日本人以外のどこかに発見せざるをえない．それを朝鮮に見出したわけ」です．それが証拠に，「日本文化の形成における朝鮮の役割についての近代日本人の過小評価はひどいもの」です．そうした理由があって，近代日本人は日本人であることに自信をなくし，またみずからを嫌いになったのです……．明晰を唯一の推進力として思索をすすめる心理学者の言葉である．

> # Where there's smoke, there's a Japanese.
> 煙のあるところ，日本人がいる．

Where there's smoke, there's fire.「火のないところに煙は立たない（煙のあるところには火がある）」という有名なことわざをもじって使っている．来日して間もないあるアメリカ人から聞いたフレーズである（彼はある日本人から聞いたといっていた）．彼によれば，日本は「タバコ天国」で喫煙者をひじょうに優遇しているという．レストランや居酒屋に「喫煙席」がないのにまずびっくりしたという（禁煙席ではない）．「ホテルの一流レストラン，一流バーにだってそんなものはない」と油を注いでやると，彼は天を仰いでしばし呆れていた．彼が住むサンフランシスコでは，タバコを吸う人間は煙たがられるどころか，未開人か野蛮人の扱いをうけるという．「タバコを吸うから」という理由で，おつきあいを断わられたり結婚をしてもらえない人もいるそうだ．「アメリカの西海岸，とりわけサンフランシスコあたりでタバコを吸っているのは，たいがいが日本人ですね」と彼はいう．「煙のあるところ，日本人がいる」というわけだ．

愛煙家のみなさん．このフレーズ，かならずウケますよ．タバコに火をつけるまえに，Where there's smoke, there's a Japanese. といってみましょう．ユーモアのある人だと思われて，ひょっとして好感をもたれるかもしれない．アメリカ人女性は，ユーモアのセンスがあることもまた理想の男性の条件にいれている．

> **Columbus was discovered in 1492 by the native Americans.**
>
> コロンブスは1492年にアメリカ先住民によって発見された.

コロンブスが到達したと信じたインドが現在のインドだと考えている人がたくさんいるが，それは間違いである．じっさいコロンブスは，ジパンゴ（日本）のあるアジア（インディア）へ行くことを考えていたのである．このことは専門家たちの研究で明らかである．さて中学校の頃である．「受動態」のところで，The New World was discovered in 1492 by Columbus.（新大陸は1492年にコロンブスによって発見された）という英文が引き合いにだされたことを多くの読者は記憶しているであろう．考えてみれば，とんでもない歴史認識である．オスカー・ワイルドもいうように，「もちろん，アメリカはコロンブス以前にも幾度も発見されていたが，それはいつももみ消されてきた」のである．じっさいヴァイキングたちが大西洋を横断したという考古学的資料も複数ある．しかし，それよりも何よりも，この英文には「新大陸」に人が暮らしていたという事実がまるっきり無視されているということに注目しなければならない．ほんらいならば，上記のフレーズのようになるべきであるが，そうなっていないことに歴史の欺瞞を見なくてはならない．じっさい日本を目指したコロンブスがわが日本にたどりついていたら，Japan was discovered in 1492 by Columbus. となっていたかもしれないのだから．

> **Quarrels in France strengthen a love affair, in America they end it.**
>
> フランスでは，喧嘩は愛情関係を強くするが，アメリカでは，喧嘩で愛が終わる．
>
> ——ネッド・ロレーム（米・音楽評論家）

　1994年の秋，ミッテラン仏大統領（当時）に「隠し子がいる」ことをフランスの週刊誌『パリ・マッチ』が報じた．ミッテランに，妻でない女性とのあいだに生まれた20歳になる娘がいるというのだ．ミッテランはそれを堂々と認め，そして落ち着き払ってこういった．Et alors?「エ・アロール？」とは，日本語の「それで？」にあたる．何が問題なのかこちらが訊きたいといわんばかりの発言だった．果たして，この一件はその後まったくといっていいほど話題にされず，逆にこれを報道した『パリ・マッチ』が，『ル・モンド』や『フィガロ』といった有力紙から報道のあり方をたしなめられるという結末で幕を閉じたのであった．これが日本やアメリカだったらどうか．結婚につながらない恋愛はすぐさまスキャンダルになり，マスコミの格好の餌食となる．そして渦中の二人はマスコミによって関係を断ち切られ，反省を求められ，おきまりの暴露＆罵倒合戦へとすすむことと相成る．フランス恋愛事情に詳しい人の話によれば，愛する男女がそこまでマスコミに叩かれたら，喧嘩どころかよけいに二人の絆は強くなり，愛はよりたくましく育まれていくであろう，とのことであった．さすがは恋愛至上主義の国である．

> **They are all Jewish mothers.**
> 彼女たちみんなジューイッシュ・マザーよ.

　ローマ帝国のむかし,ユダヤ人はパレスチナの地を追われ,離散（ギリシア語でディアスポラという）し,放浪の民となった.以来,キリスト教文化圏ではつねに「異教徒」扱いされ,無国籍放浪者としてさまざまな迫害や差別をうけた.十字軍には迫害され,知識人からは軽蔑され（ルター,ゲーテ,シェイクスピア,カント,フィヒテなど）,ナチにはひどく憎悪された.そういう歴史がある.

　さて,子どもをむやみに可愛がるいっぽうで,道徳的には口やかましく,性的には恐ろしく慎重にさせ,訓戒を四六時中垂れ,チキンスープを与えすぎてしまうのがユダヤ人の母親らしい.「ジューイシュ・マザー」は,フィリップ・ロスの小説やウッディ・アレンの映画で幾度となく皮肉られてきたが（ユダヤ人以外の"教育ママ"を指して囁かれることもある）,じっさい耳にしたこともある.私をデトロイト空港まで見送りにきてくれた友人が,20人ほどの母娘集団をアゴで指し,They are all Jewish mothers. と小声でいう.視線の先を追っていけば,そこには小学5,6年生くらいの女の子たちの傍らでこまごまと世話をやく母親たちの姿があった.「夏休みだから,たぶんイスラエルへでも行くんじゃないかしら」と彼女が耳もとで囁く.インテリのアメリカ人は「人種差別はよくない」とはっきり口にするが,小声では"特別扱い"することがよくある.

> **On the Continent people have good food ; in England people have good table manners.**
>
> ヨーロッパ大陸には良い食事があります．イギリスにあるのは良い食事の作法です．
>
> ——『外国人である方法』ジョージ・ミケシュ
>
> （英・作家）

ハンガリーからイギリスに帰化したミケシュを驚かせたのは，英国における食事の貧しさであった．フランス人の書いたものを読んでいると，「あれは食事ではなくてエサだ」などという少し露骨ともいえる表現にあたるが，そうした指摘は今にはじまったことではないらしい．ヴィクトリア朝時代，南アフリカへやってきてダイヤモンドの鉱山を掘りあてたセシル・ローズも，南アフリカへきた理由を問われて，The real fact is that I could no longer stand their eternal cold mutton.（じつをいうと，相も変わらず出されるイギリスの冷たい羊肉に耐えられなくなったのさ）とジョーク交じりにこたえている．では，当のイギリス人が暮らしのなかで自慢しているものといったら何か．これはあまり知られていないが，花を愛でるということである．かのジョージ・オーウェルも，「きわめて目立つ特性なのにあまり話題にならないイギリス人のささやかな特性について触れておきたい．つまり花好きという特性である」（…it is worth noticing a minor English trait which is extremely well marked though not often commented on, and that is a love of flowers.）と書いている．

> **That African-American voters are indivisibly monolithic is the most stubborn myth of modern politics.**
>
> アメリカの黒人有権者はゆるぎない一枚岩団結を誇っているというのは，現代政治のなかでの最も頑固な神話である．
>
> ——『ニューヨーク・タイムズ』

「将来，何になりたい？」と訊くと，「黒人！」とこたえる女子高生がこの日本にはいる．彼女たちにとっての黒人は，ヒップ・ポップ文化の中心を担うrapper（ラップ・ミュージシャン）たちである．黒人はみんなノリがよくて黒豹のようにスタイルがいいと彼女たちは思っている．音痴な黒人，スタイルの悪い黒人は彼女たちのなかには存在しない．「黒人はひとつ」なのである．国籍にも職業にも分類されない．分類されるとしたら，黒人というカテゴリーによってだけである．笑ってはいけない．程度の差こそあれ，わたしたちの多くも似たりよったりのあるイメージを黒人に抱いているのではあるまいか．しかし，現実はどうか．アメリカでは，一年間に黒人が黒人を殺害する数は，ベトナム戦争で戦死した黒人の数より多いことがある．このことを見ても，彼らがけっして一枚岩ではないことがわかる．上に掲げた『ニューヨーク・タイムズ』の記事を見たあるアメリカ人大学生がいった．「知識人の多くは公民権運動のときで時計がとまっている．今ごろになってこんなことをいうなんて，あまりにも現実を知らなさすぎる」．

> **Why does 'Black' always mean 'Bad'? Black is beautiful.**
>
> 黒が悪い意味ばかりになるのはどうして？　黒は美しいのよ．
>
> ——ニューヨークの教室から

　黒人の公民権運動の指導者であったマーティン・ルーサー・キング牧師がリンカーン・メモリアルの壇上で25万人の支持者をまえに「私には夢がある．それは私の4人の子どもたちが，いつの日か，肌の色ではなく，その人間の中身によって判断されるような国に住むという夢だ」(I have a dream that my four little children will one day live in a nation where they will not be judged by the color of their skin, but by the content of their character.) と高らかに語ったのは1963年のことであったが，残念ながらこの夢はまだ実現されていない．

　先日ある本を読んでいたら，アメリカでは「黒い色ばかりが，どうして悪い色なのよ」という素朴で挑発的な質問を教室で先生につきつける黒人学生が多数いるということが書いてあった．たしかに黒は，black list「要注意人物のリスト」, black humor「どぎついユーモア」, black market「闇市場」, black mail「恐喝」など，白と比べれば暗いイメージをもつものが圧倒的に多い．だが，キング牧師の孫たちは小さくめげてはいない．むしろ，Black is beautiful. (黒は美しいのだ) とみずからこたえて，黒への意識改革を激しく迫っているという．

Foreigners always spell better than they pronounce.

外国人ってのはたいてい発音はだめだが，綴りは正確だ．

——『赤毛布外遊記』マーク・トウェイン（米・作家）

embarrassment というスペルを正確に書けないアメリカ人は多いという記事をどこかで読んだ記憶がある．ところが，日本の大学受験者でこの単語を書けない者はまずいない．スペリングだけはしっかりしているのだ．だが，こと発音となると，相変わらず，やっぱり，とことんヘタだ．

発音記号というのがある．そしてその横に，顔を半分に切断して舌の位置がどうのこうのいう断面図がついている．グロテスクな発想である．だいいち音を紙から学ぶという発想がもうダメだ．音は耳から学ぶものであって目で学ぶものではない．それが無理だというのなら，あの発音記号をなくして，いっそカタカナで表記したらどうか．たとえば，right は「ゥライト」とやればいい．小さな「ゥ」をいうつもりで「ラ」にいけば，かならず〈r〉の音になる．この日本にはじつに多くの英語研究者がいるのだから知恵をだしあえば，きっといいものができると思う．教師がいけないのは，生徒にはふんだんの時間があると思っていることだ．もっと簡便な方法を考案しなくてはいけない．ところで，よく日本人の英語はダメだといわれるが，アメリカ人ほど外国語を学ぶことに意欲がなく，またヘタな人たちを私は知らない．

> **Solitude is un-American.**
> 孤独は非アメリカ的だ.
> 　　　　　──エリカ・ジョング（米・作家）

　アメリカを定義するのは愉快だ. なぜならば, どんなふうに定義しても首肯する人があらわれそうな気がするからだ. 気軽な気持ちでいくつかつくってみよう.
　「アメリカは陽気なノイローゼ患者である」
　「アメリカは巨大な珍獣である」
　「アメリカは廃棄物をたくさん出す夢工場である」
　どうです？　賛同してくれる人は日本国内だけでも二, 三万人は……いないかな. ちょっとインテリっぽく見せようと思ったら, 「アメリカは複数の概念で成立する」とか, 「アメリカには未来が存在するのみである」とやってみるのもよい. 「アメリカは定義されない」などとやれば, どこかの哲学者の言葉と勘違いされる可能性もでてくる. フフフ. まことにアメリカを定義するのは愉快だ.
　では, 当のアメリカ人はどのように自国を定義しているのだろうか. 私は上に掲げたエリカ・ジョングのものに感心したのであるが, ほかにはこんなものがある.
・The business of America is business. 「アメリカの務めはビジネスである」（元米大統領・クーリッジ）
・America is the greatest of opportunities and the worst of influences. 「アメリカとは, もっとも機会に恵まれ, もっとも悪影響を与える国だ」（哲学者・サンタヤナ）

118

> **I've never seen a Westerner eating with his legs crossed.**
> 足を組んで食事をしている西洋人を見たことがない.

シカゴのあるレストランでのこと. 知り合いのアメリカ人女性にむかって「食事をしながら足を組んでいる西洋人を見たことがない」と洞察の深さを誇示すべくいってみた.

「いるわけないじゃない. フン」. 冷たくそういわれた. なんだか勝ち誇っているように思えた. で,「日本の場合, レストランや食堂へ行けば, たいてい何人かの男は足を組んで食事をしている. 私もよくそうする. 日本人は, 足を組むぜ」といってみた. そうしたら,「日本人一般についてはよく知らないけど, あなたもよく足を組むわ. ま, それは文化の問題ね. でも, わたしたちには不快にうつるわ」ときた.「じゃ食事をせずに飲むだけだったら, 足を組んでもいいのかい?」「うん. それだったらいい」「ヘンなの」「ヘンじゃない」「ヘン」「ヘンじゃない」「日本人は足が長いから組む」「ウソ」「ホント」「日本人は足が短い」「それはアメリカにいる日本人だけ」「ウソ」「ウソじゃない」「(嘲笑)」「ウソじゃない」……とまあ, こういう問答をやったのであるが, けっきょく習慣の問題, 文化の違いってやつに落ち着いた.「いわゆる『文化』とは, その推進者たちのさまざまの虚栄が混ぜ合わされたカクテルである」とカネッティがいっている.

> **Those who do not pay their debts commit robbery.**
>
> 借金を返さないのは，盗みを犯すのと同じである．
>
> ──『タルムード』

アメリカにいると，ふとしたことでユダヤ人のことがよく話題になる．いわく，「彼らはメディアを牛耳っている」「おしゃべりだ」「ジョークがうまい」「金にうるさい」「子どもの教育に熱心だ」「耳がでかい」「狡猾だ」「頭がいい」「よく本を読む」等々．じっさい私にはユダヤ人の知り合いが数人しかいないからユダヤ人をひとまとめにして「こうだ」とはいえないが，その少ない知人たちに共通していえることは知識欲が旺盛で読書家だということだ．そして彼らユダヤ人の座右の書といったら『タルムード』である．『タルムード』はユダヤ賢者の知恵を集大成したもので，ユダヤ人の実生活には欠かすことのできない教えがつまっている．ユダヤ人の聖典は『旧約聖書』，とくに「モーゼの五書」から成る『トーラ』であるが，『タルムード』はその『トーラ』をもとに実生活にあてはめて解釈した処世訓である．『タルムード』は1500年も前にできあがったものとされるが，現在でもユダヤ人の学校のみならず家庭でも親しまれている．世界でもっとも読まれている本は『聖書』だとよくいわれるが，ユダヤ人たちにもっとも読まれている本は『タルムード』である．『タルムード』には，マネー・ゲームに踊った日本の借金王たちに聞かせてあげたい教えがたくさんつまっている．

9．知の精髄

> **Familiarity breeds contempt.**
> 親しみすぎると軽蔑を生じる. ──(ことわざ)

　ここまでが親しさ, ここを越えると馴々しさ, というように実生活の具体的場面において親しさと馴々しさの境界を線引きすることは難しい. 難しいが, 親しいことと馴々しいことは違うんだと各人はそれぞれに意識している.

　私はどちらかというと, べたべたした人間付き合いが苦手で, さっぱりした関係のほうを好む. 「だらだら」「べたべた」が嫌いで, 「きびきび」「さっぱり」が好きだ. おおかたの人もそうであろう. 最近読んだ田辺聖子の作品にも「私は, べたべたする親切はきらいで, 抛っとくのが親切だと思うことが多い」というのがあった. 英語にしたら, I hate that smiling kindness some people have. Sometimes it's kinder to leave things undone and unsaid. というところか.

　じっさい, 「だらだら」「べたべた」が好きという人は稀であろう. しかし, 口ではそうはいってみても, さびしいから結果的に「だらだら」「べたべた」と付き合ってしまいがちだ. そうなると困ったもので, 「親しき仲にも礼儀あり」はいつしか忘れられ, やがて心のうちまで土足で入り込むようになる. そうすれば, 否応なしに相手の短所や欠点を目にすることにもなる. 親しみの気持ちが軽侮に変わるのはこのときだ. この格言は知恵の精髄である. 「親しき仲にこそ礼儀あり」と言い換えてもよいであろう.

> **The exception proves the rule.**
> 例外は規則のある証拠.
>
> ——（ことわざ）

There is no rule but has some exceptions.（例外をもっていない規則はない）はよく知られたことわざであるが（この but は関係代名詞で,「～しないところの」という意味をもつ. There is no rule that has no exceptions. と言い換えることもできる), 現代では, There is no rule without an exception.（例外のない規則はない）や, Every rule has its exception.（規則には例外がつきものだ）のほうを好んで使う.

上の言い回しもまた使用頻度の高い風刺句である.「例外のない規則はない」を裏返しにすれば,「例外は規則のある証拠」, つまり「例外があればそこには規則がある」ということになる.

それにしても英米社会では, 自分が例外にされることはよほど誇らしいことであるようだ. それは, そもそも規則というものが, やりたいことを禁じ, やりたくないことを強いる掟だと考えられているためであろうが, 何かしらの窮屈さから解放されて, 例外になることは何にもまして誇らしいようである. そういえば, 映画でも有名になった『フォレスト・ガンプ』にも, Rules are made to be followed, but there are exceptions to all rules—and I am one of them.（規則は守るべきものだけど, どんな規則にも例外は, みとめられる. ぼくも, そのひとつだけどね）と胸をはるシーンがあった.

> **Give credit where credit is due.**
> 称賛すべきところでは称賛せよ.
>
> —— (ことわざ)

作家の野上弥栄子は「人にお世辞を云うのは, 云う人が考えるほど効果的ではない」(Flattery is never as effective as the person doing the flattering imagines.) というが, 私はそうは思わない. ためしに, 誰でもいいから「お世辞は嫌いですから, お世辞ぬきでいいますが, あなたのおっしゃっていることを聞いて私は目からウロコが二枚落ちました」とお世辞をいってごらんなさい. おおかたの人はイチコロである.

お世辞が効かないなどということはまずないのである. 英語では決まり文句まで用意して, 私のいうことを援護してくれている.

Flattery seldom falls flat.がそれである. 訳は「お世辞が効かないということはめったにない」であるが, 英語では, Flat-ter-y と flat が韻をふんでいて, 日本語で表現するよりさらに面白くなっている. 世辞の効用をいいリズムで伝えていて, 思わず笑みがこぼれる.

世辞だとわかっていても, 面とむかっていわれれば自然と相好が崩れる. 心にもない世辞なら言わなくて許されるが, 心にあるのに言わないのは無礼だし, また品のない行為だと私は思っている. 上に掲げた格言は, 日頃無礼になりがちな自分自身への訓戒として記憶しているものである.

> **One of the best cures for sadness is to watch animals.**
>
> 悲しいときは動物を見るといい.
>
> ——つかこうへい（作家）

　たしかに，動物を見れば独立排除的に幸福になれる．このことは，動物というものはこちらが善意をもって接すればかならず好意をもって応じてくれるものだ，という人間の勝手な思い込みのうえに成り立っている．いうまでもなく，これは動物と人間の関係を擬人化しているのであるが，同時にこの擬人化はまたストレス社会における人間関係の理想像を反映させたものでもある．

　現代はストレス社会であるらしく，なんと The process of living is the process of reacting to stress.「人の一生は，ストレスに対処する一生である」などといいだす人までいる（スタンリー・サーノフという生理学者の言葉）．

　人間は人間をうるさいと感じるときがある．だが動物は批判がましいことは何もいわないし，口うるさい忠告もいっさいしない．

　ジョージ・エリオット（作家）は，Animals are such agreeable friends—they ask no questions, they pass no criticisms. （動物はきわめて気持ちのよい友である．どんな質問もしないし，どんな批判がましいこともいわないから）というが，これもまた人間関係のストレスに悩む，孤独な人間の，悲しい知恵である．

> **The customer is always right.**
> お客様は神様です.

「お客さまは神様です」というのは,日本のみならずアメリカでもよく耳にするスローガンである.そして,このスローガンは,どんなに客の言いぶんが筋の通らぬものであっても,頭をさげて耳を傾けていればきっと報われるという商売の極意を教えて黄金律(the golden rule)となっている.

だが,しばし資本主義のことを考えていただきたい.あたりまえのことをいうので,あたりまえに聞いてほしい.資本主義はそもそもお人好しのシステムではない.資本主義というのは,つきつめていえば,快晴のときに日傘を貸し,雨が降ると傘を取ってしまうシステムのことである.だから,お客さんになれたらいいが,お客さんになれない者は一顧だにされないという恐ろしい顔をもっている.そういう非情なシステムなのだ.であるからして,人は客になろうとしてひたすらに働くのである.モノを売ってはじめて自分もまたお客さんの仲間入りができるというわけである.ホッブスの言葉に「人間の置かれてある状態は,万人の万人にたいする闘争の状態である」というのがあるが,これをもじって「セールスマンの状態とは,すべてのセールスマンの,他のすべてのセールスマンにたいする戦闘状態である」(The condition of a salesman is a condition of war of every salesman against every salesman.)とするのはいかがなものであろうか.

> **Never do today what you can possibly put off till tomorrow.**
>
> 明日まで延ばせることは今日するな.

Do not put off until tomorrow what you can do today. （今日できることを明日まで延ばすな）ということわざが下敷きになっている. 原文のほうはフランスが発祥の地で, 14世紀頃から用いられていたようである. イギリスへ渡ったのは18世紀頃とされ, 上のようにもじって使われるようになったのは19世紀の半ば頃とされる.

『風とともに去りぬ』のスカーレット・オハラの言葉にも I'll think about it tomorrow. （それについては明日考えることにするわ）というのがあるが, このことわざを想起させる場面になっている. ここではこうしたことわざのもじりをいくつか紹介しよう.

・A man's telephone receiver is his castle. 「受話器はその人の城である」（原文：An Englishman's house is his castle. 「イギリス人の家は城である」）

・Teaching is cheating. 「教えることは騙すこと」（原文：Seeing is believing. 「百聞は一見にしかず」）

・All is not fair in love and car. 「恋をしているからといって, また車の中だからといって, なにをしてもいいというわけではない」（原文：All is fair in love and war. 「恋と戦は手段を選ばず」）

・Men cannot live by tits alone. 「男はオッパイのみにて生くるにあらず」（原文：Man cannot live by bread alone. 「人はパンのみにて生くるにあらず」）

> **I have lost friends, some by death ... others through sheer inability to cross the street.**
>
> わたしは幾人もの友人を失った．ある者は死によって，ある者は，ただ道路を渡れなかったばかりに．　──『波』ヴァージニア・ウルフ（英・作家）

　「ただ道路を渡れなかったばかりに」の部分は「ほんのちょっとの勇気がなかったばかりに」と置き換えてもいいだろうが，そうしていないのがいい．いうまでもないことだが，人間関係において「勇気をだして」と他人に迫ることもまた勇気のいることだ．子どもならまだしも成熟した大人にたいして使うとなるとなかなかできないものだ．「さあ道路を渡りましょう」とさしのべた手が「でしゃばり」とうけとられることは容易に想像できる．この意味において，勇気とは思慮分別のことでもある．勇気はつねに大胆でありながらも細心さを要求されている．細心さを欠いた勇気は蛮勇でしかない．さて，性格温厚，人格円満の人がたまに軽蔑されていることがあるがご存じだろうか．で，そういう人は失敗して傷つくことを恐れるあまり何ごとにも手をださない人であることが多い．まわりにはそれが面白味に欠ける人物と映る．「何もしない人は失敗もしない」(He who makes nothing makes no mistakes.) という言葉の教えは，だから何もしないほうがいいのではなく，失敗を恐れずにやってみろということである．そう考えると，ウルフの言葉が成熟した大人によるきびしい社交の言葉であることがよくわかる．

> **How would I feel if my mother were to see me right this instant ?**
>
> いまこの瞬間を母に見られても大丈夫か？
>
> ──ボブ・グリーン（米・コラムニスト）

　ボブ・グリーンは，37歳のとき，「写真のなかの女性」(The Woman in the Photograph) というコラムを書いている．このコラムは，彼の他の全コラムに匹敵するほどの逸品，とまではいわないが，コラムニストとしての彼の埋蔵量を深く感じさせるところがあって，私は写経したいほどに高く評価している．

　「写真のなかの女性」とは，ボブ・グリーンの母である．彼にとって母は「私が知るもっとも聡明な人間」であり，「自分の全盛期においてさえ，母のほうが自分より聡明でかつ有能であることを認めざるをえない」存在である．

　彼はつづける．「これだけははっきりといえる．自分が間違ったことをしているのではないかという危惧を感じたとき，私はいつでも，母がこのことを知って恥ずかしくないか，と自分に問いかけることで，自分の行動をチェックすることができる」と．

　大人になると，人は母親の声を耳もとに聞こうとはせず，聞いてもそれをやっきになって否定するという“成熟さ”を身につけるが，彼はそこへも分析的な熟慮を欠かさない．この小品は，読んですがすがしく，また感動的である．ぜひ，ご一読を．

> **There exists no greater sorrow than, in our misery, to recall happy times.**
>
> 惨めな状態にあるときに幸福なときを思いだす
> ——これほどの悲しみはない.
>
> ——『神曲』ダンテ（伊・詩人）

　私は，悲しいときのために愉しい記憶をたくさんもっておくとよい，と考えている人間である．またそうでなければ，悲しみを乗り越えられそうにないとも思う．仕事につまずけばたぶん西麻布での愉快な夜のことを思い出し，病床にあればおそらく名古屋での素敵な夜のことを思いたどるだろう.

　「ノスタルジアは魅惑的な嘘つきである」（Nostalgia is a seductive liar.）ということを私は知っている．ノスタルジアはそもそも自分に都合がいいようにできているからノスタルジアなのである.

　しかし，ダンテはそうじゃないという．惨めな状態にあるときにノスタルジアに耽っても，それは魅惑的なものにはならないんだと断言する．ダンテによれば，それは魅惑的どころか，「これほどの悲しみはない」というのである.

　マルセル・プルーストは『失われた時を求めて』のなかで，「幸福は身体にとってはタメになる．しかし精神の力を発達させるものは悲しみだ」と述べているが，ペシミストのダンテはこうした「悲しみの効用」も頭になかったらしく，思いっきりクラく考えている.

> **It is true that money talks. It always says goodbye to me.**
>
> 「カネはものをいう」というのは本当だよ．いつも俺にサヨナラっていうんだ．

　おカネにまつわる格言，箴言，そしてそのもじりをあわせたら，それこそ数えきれないほどあるだろうが，なかでももっとも有名なものといえば，やはり Money talks. であろう．文字どおり訳せば「カネがものをいう」，もっと踏み込んで訳したら「地獄の沙汰もカネ次第」となる．

　上記のフレーズはそのもじりであるが，財布を取り出し，いざ支払いというときに使えば，周囲はけっこう笑ってくれる．

　さて，読者諸賢はいかように金を定義しておられるか．先人たちは，The love of money is the root of all evil.（金銭愛は諸悪の根源），Money will come and go.（金は天下の回りもの），Money makes the world go round.（世の中，金次第），A golden key opens every door.（金の鍵はどんなドアでも開ける）などとしたが，私は，Money will go and go.（金は天下の回りもの）が実感であり，Money is like a sixth sense without which you cannot make a complete use of the other five.（お金というのは第六感みたいなもので，もしこの第六感がないと，わたしたちは他の五感をうまく使いこなすことができなくなってしまう）というサマセット・モームの言葉に深く頷くのである．

Is this all there is to my life?
私の人生，これだけ？

　ニューヨークで暮らす，ある日本人の女の子がこういった．「私の人生，これだけ？」

　いわく，日本で生まれ暮らしてきたけど，愉しいことなんて数えるしかない．上司の悪口をいって，仲間うちでオダをあげるのにも厭きてきた．社内で無言の牙を研ぐのも，もうウンザリ．私，このままで終わっちゃうの．「私の人生，これだけ？」そう考えて，彼女はニューヨークへやってきた．

　人生は愉しむためにある．そう思う．だれもがみんなそう思っているだろう．で，そこで疑問だが，愉しいばかりの人生を送ったなんていう人がほんとうにいるのだろうか．勝敗にしたら八勝二敗で「人生を愉しんだ」といえる人はいるだろう．しかし，愉しいと時間は短く感じられるから，そういう人はそれをまた悔やむことになりはしないか．

　アインシュタインの言葉に「綺麗な女性と一緒に座っていると，一時間が一分のように感じられる．でも，熱いストーブの上に一分座ったら何時間にも感じられるだろう．これが相対性理論だ」(When a man sits with a pretty girl for an hour, it seems like a minute. But let him sit on a hot stove for a minute—and it's longer than any hour. That's a relativity.) というのがある．

　満足よ，汝の標準は，どこにありや．

> **It's not friends or counsellors that keep you from going mad when you're in despair ; it's pride.**
>
> 絶望した時に発狂から救ってくれるのは，友人でもカウンセラーでもなく，プライドである．
>
> ——『すべての男は消耗品である』村上龍（作家）

絶望したとき，人は何に頼るのか．

はっきりいって，愚問である．頼るべきものを失ったから，人は絶望するのである．友人の助言，カウンセラーの忠告などは，絶望の対岸にある．絶望のもとを解消することだけが，絶望を救ってくれる．借金が追い込んだ絶望は，カネだけが唯一の救済手段となる．

では，絶望したとき，発狂から救ってくれるものは何か．村上龍は，自分のプライドだといいきる．

しかし，プライドといったって，所詮は他人からよく見られたいという気持ちが根っこにある．じゃ，プライドって何？

プライドは，多くの美徳の両親である．しかし，プライドの父は虚栄心である．母はかろうじて誇りである．兄弟は偽善と矜持と高慢である．友人は自己愛と嫉妬心だ．

何だかわかったようなわからないようなことを述べたが，ちょっとは賢く思われたいのでそうしたのである．これもまたプライドの為せるわざである．

汝，絶望の日にそなえて，プライドを友とせよ．

> **Living well is the best revenge.**
> よい生活こそが最上の復讐である．
>
> ——（ことわざ）

　悪意や復讐はじつに執念深い．じっさい，ことわざにも「恨みは忘れ去られることはない」（Malice is mindful.）とか，「復讐には，百歳になっても，まだ乳歯がある」（Revenge of a hundred years has still its sucking teeth.）などというまことに恐ろしいものもある．いずれの言い回しも，執念の炎がもつしぶとさを言いあらわして至言である．

　しかし，悪意を向ける相手や復讐のターゲットのことを考える毎日は辛く，また虚しいものである．他人を傷つけようとする者は自分自身をも傷つけてしまうことがおうおうにしてよくあるからだ．場合によっては，それで自分の人生を台なしにしてしまうことだってある．

　なにか知恵はないものか．傷ついた者は，傷つけた者によい生活を見せつけることで復讐する，それが最上の復讐である．こう思いついた人がいる．17世紀，イギリスに生きた人である．時を経て，やがてその知恵は格言となった．人々の処世の拠りどころとなったのである．

　最近読んだパトリシア・コーンウェルの『検死官』にも似たようなフレーズがあった．「私にとっては生き残ることが唯一の望みであり，成功する以外に復讐の道はなかった」（Survival was my only hope, success my only revenge.）がそれである．

> **The difficulty of being a newcomer is the difficulty of being made to wait.**
>
> 新人の辛さは「待たされる」辛さである.
>
> ──『私の遍歴時代』三島由紀夫（作家）

何につけても待たされるのはじれったい. 魔法にかけられたようなあの状態をどうしたらいいのだろう. たとえば電話を待っているときのあの重苦しい時間. あるいは待ち合わせのときのあのイライラの時間. 気持ちは落ち着きを失い, 心は千々に乱れる. そこには無数の禁止に支配されている自分だけがいて, おのれの無力を感じることしきりである. 不純な推理が頭を支配し, 得体の知れない苦悩が身体を駆けめぐる. ホント, こればかりは何度経験しても慣れることがない. しかし, 悲しいかな, 現実はこれをやめようとはしない. 人を待たせることは, いかなる瞬間においても絶えることなく綿々とつづく.

「待つ. ああ, 人間の生活には, 喜んだり怒ったり悲しんだり憎んだり, いろいろの感情があるけれども, けれどもそれは人間の生活のほんの一パーセントを占めているだけの感情で, あとの九十九パーセントは, ただ待って暮らしているのではないでしょうか」

こう嘆くのは太宰治である（『斜陽』）. ここまで自覚的ではないにせよ, 日々の生活で, 若い人, とりわけ「新人」と呼ばれる人たちは, 実感をもって待つことの辛さを経験しているのであろう. 上のフレーズは, 文章家・三島由紀夫の見事な極め言葉のひとつである.

> **I'm busy trying to make myself look busy
> these days.**
> この頃，忙しいふりをするのに忙しいんだ．

忙しいことはよくない．忙しいと，文字どおり「心」を「亡」くして，あちこちで義理を欠いてしまうからだ．とまあ，日頃から何となくこんなことを考えている私に，「忙しくしようと心がけているの」（I'm trying to stay busy.）といった女性がいる．その女性はアメリカ人で，「私はビジネスと結婚したのよ」（I got married to business.）が口癖の不動産業を営むビジネス・ウーマンである．とかくアメリカ人は自分のタフさを誇示したがるが，彼女は四六時中，そんなことばかりいったりやったりしているように見える極端な人だ．彼女は，エキサイティングな生活が何よりも好きで，そのためには自分がタフであらねばならないと考えて毎日を過ごしている．だから，ヒマで退屈な人間などは眼中になく，まわりにいる人間にも陽気さと迅速さをつねに要求して忙しい．そんな彼女に，I'm busy trying to make myself look busy these days.「このところの私は，忙しいふりをするのに忙しいですね」と返したら，おもしろいフレーズだといってメモされた．忙しい人はどこまでも忙しい．数日後，日本へ戻ってきたら，「おかえりなさい．お会いできてうれしかったです」という手紙が彼女から届いていた．「心」を「亡」くして義理を欠いている人間は，忙しいふりをするのに忙しい私のほうであったわけである．

10. 悪魔のつぶやき

> **A rich man's joke is always funny.**
> 金持ちの冗談はかならずおもしろい.
>
> ────（ことわざ）

　お追従笑い，というのがある．よく貧乏人や部下が金持ちや上司たちにへつらって笑うことがあるが，あれである．

　そうした場合，笑いの口火を切る人はまずきまっている．ジョークをいった本人がまず先に笑うのである．「つくねのタレが服につくね」といった本人が我先にと笑うのである．寄席などでもたまに演者が客よりも先に笑ってしまうことがあるが，たいていそういうのは二流，三流の芸人である．聞かされるほうは，ちっとも愉快じゃない．

　さて，寄席芸人の場合は意識的な欠伸の連発や腹に力をこめた睨みの視線で応酬することもできようが，金持ちや上司の場合はそうはいかない．そこはそれ，いうにいわれぬ邪な色気ってもんがある．

　知っているだろうか．バーで，ウィスキーグラスを頬につけて冷やしているサラリーマンことを．あれは長時間に及ぶお追従笑いでひきつってしまった頬の筋肉を休めているのである．嘘ではない．

　「上司のジョークのつまらなさと，部下の笑い声の大きさは比例する」(The loudness of junior's laugh is proportional to the banality of his boss's joke.) といったのは茶飲み友だちの新津信治だが，これも暴言にして卓見である．

A friend not in need is a friend indeed.
困っていない友こそ真の友.

「困ったときの友こそ真の友」(A friend in need is a friend indeed.) という有名な俗言が下敷きになっている. もう少し過激なものでは,「困っている友こそ避けるべき友」(A friend in need is a friend to be avoided.) などという露骨で直截的なものもある.

悲しいかな, 友情は多くの場合, 互いの打算のうえに成り立っている. そして関係がこじれると,「金の切れ目が縁の切れ目」ということになる.

西洋にも,「貧困は友情を引き裂く」(Poverty parts fellowship.) とか,「金持ちに友多し」(Rich people have many friends.) などの言い回しがある.

オスカー・ワイルドは,「若いとき人生でいちばん大切なものはお金であると思っていた. 年をとった今はそれが本当だと知っている」(When I was young I thought money was the most important thing in life ; now that I am old I know that it is.) と正直に述べたことがあるが, 何だかんだといってもお金は人間関係全般に影響をおよぼすようである.

以前, 私は「友情関係で結ばれている」と公言する人たちを意識的に考察したことがある. そして, あることに気がついた. 友情を長期にわたって成立させている二人に共通していることは, 二人ともそこそこ貧乏であるということ. そして, ここが注目に値すると思うのだが, 互いが互いより賢いと思っていることであった.

> **Men's aesthetic sense is putting up with things.**
>
> 男の美学とは，やせ我慢だよ．

　どういうわけか，演出家のクマガイ氏を敬愛するように
なった．クマガイ氏になにか頼まれごとをされようなも
ものなら，鞍馬天狗にお使いをいいわたされた杉作のよ
うな気分になってしまうから不思議だ．そのクマガイ氏
が，私をなぐさめ，戒める際，きまってこのフレーズを
口にする．威張りン坊に説教されたり戒められたりする
のは嫌なものだが，威張らず，笑顔で，静かに淡々と語
られる言葉には，ついつい寄り添いたくなるものであ
る．常日頃は，これは説教だなと思うと，とたんに「ケ
ッ」となってしまい，生半可な返事をしてしまう私であ
るが，どういうわけかクマガイ氏だけは別なのだ．不可
解である．べつだん借金があるというわけでもないし，
これといった弱味を握られているわけでもない．知るほ
どにますますわからぬ人になっていくという不気味な存
在である．だから最近は，できるだけ会わないように心
がけている．

　さて，「やせ我慢」である．やせ我慢とは，矜持より
ちょっと下であり，見栄より少し上という感じがする．
矜持と見栄の違いは，実力・実績のある人がいえば矜
持，ない人は見栄，と考えることができる．やせ我慢は
その中間にいる．嫌味がないし，衒いもない．英語で，
この言葉のニュアンスがでるだろうか．熟慮検討の末，
上記のようにやってみた．

> **I figure I've lived half my life as a man, why not live the other half as a woman?**
>
> 人生の半分は男だったから，後半は女になるのも悪くないな．
>
> ——ウェイン・カウンティ（米・ミュージシャン）

こんど生まれてくるなら男（あるいは女）になりたいという人はいるだろう．しかし，この御仁はちがう．人生の半分が男だったから残りの半分を女で過ごそう，というのである．すごいことを考える人もいるものである．福澤諭吉はその昔，「一身にして二生を経る」といったが，もちろんこの意味では使っていない．でも，よくよく考えてみれば，至極まっとうな発想ではあるまいか．なんだかいまそう思えてきた．以前，ある碩学が「人間の考えてきたことはほとんど実現されているんだよ」と教えてくれたが，それがほんとうだとすれば，将来男になったり女になったりすることもありえるということか．たしかに空想が現実になることの可能性は歴史が数多く教えている．ここは依怙地にならず，世の中はたえず変わっていくものだと考えておいたほうがよさそうだ．ジョナサン・スウィフトも「この世で変化ほど変わらずに存在するものはない（There is nothing in the world constant, but inconstancy.）」といっている．いや待てよ，ほんの数ヵ月前，「人心の進歩は遅い」（The march of the human mind is slow.）といったエドマンド・バークの言葉に私は理解をしめしたばかりではなかったか．私の気持ちはコロコロ変わる．

> **They are either married or gay. And if they're not gay, they've just broken up with the most wonderful woman in the world or they've just broken up with the bitch who looks exactly like me.**
>
> 男たちは皆，結婚しているか，でなきゃゲイ．ゲイでなければ，世界一素晴らしい女を最近失ったか，私とそっくりの悪女とやっと別れたという人ばかりなの．　　　　──『再会のとき』(映画)

Love means never having to say you're sorry.（愛とは決して後悔しないこと）などというフレーズは，青白きインテリの言葉っぽくて好きになれない．好きなのは，上で記したような，不幸で強気な美人の言葉である．アメリカ映画で，イキのいい言葉は大体において，不幸なインテリ女のものである．上のフレーズは，エリートのキャリア・ウーマンの発言である．ほろ苦く笑わせてくれて，さわやかである．bitch は，「嫌な女・あばずれ」である．この言葉は他人には使わず，自分自身にたいして使うとよい．どことなく好ましい悪女を演出することができるからだ．映画『ボディガード』でも，You probably won't believe this, but I have a reputataion for being a bitch.（信じられないでしょうけど，私は嫌な女で有名よ）というセリフがあった．「嫌な女よ」といくぶん謙遜して見せるものの，最初の部分で「信じてもらえないでしょうけど」とわざわざ前置きしているのが愉快である．

> Heizoh : People are strange.
>
> Hisae : What ?
>
> Heizoh : They do good things while they're doing bad things. They trick friends who trust them, and yet they try not to hurt them.
>
> 平蔵「人間とは，妙ないきものよ」
>
> 久栄「はあ……？」
>
> 平蔵「悪いことをしながら善いことをし，善いことをしながら悪事をはたらく．こころをゆるし合うた友をだまして，そのこころを傷つけまいとする」　　　──『鬼平犯科帳』池波正太郎（作家）

　上に掲げたのは，『鬼平犯科帳』の主人公・長谷川平蔵が妻の久栄に語りきかせているものであるが，こうした表現に出会うとき，おのれを善人だと思い込んで悦に入っている人間ほど始末に負えないものはない，とつくづく思う．『鬼平犯科帳』の作者・池波正太郎は，実人生の鉄床で鍛えあげた眼でもって，世間を隈なく嘗めまわした作家である．池波には，悪のなかに善を見る眼があり，善のなかに悪を嗅ぎとる鼻があった．『鬼平犯科帳』は，単純な勧善懲悪の物語ではない．屹立する反世俗への矜持をいっぽうでもちながら，物欲や情欲の虜になっている自分をあさましいと恥じる盗賊が次から次へと登場する．それがこの作品の大きな魅力である．興味のある方は，拙著『鬼平犯科帳の真髄』（現代書館）を読んでいただきたい．

混乱を忙しさと誤解し，無鉄砲を勇気と誤解し，無知を純朴と誤解し，弱さを優しさと誤解し，憐憫を同情と誤解し，出来心を善意と誤解し，腰の重さを落ち着きと誤解し，わがままを主体性と誤解し，主体性のなさを協調性と誤解し，下心を真心と誤解し，居眠りを瞑想と誤解し，薄情を非情の情と誤解してくれたら，これ幸いである．

理解とは多くの場合，誤解の代名詞である．美しく理解されたのなら「愛されているんだなあ」と思えばいいし，醜く理解されたら「嫌われているんだ」と思えばよろしい．理解するということは，要は認めるということなのである．そう考えてみたらどうか．

理解とはつまり，自分が理解したいことのみを是認することであり，理解できないことを冷笑することなのである．

人間関係に深く思いをいたしたアンドレ・ジードも Understanding is the beginning of approving. （理解とは，是認への第一歩）といっている．

「理解とは好意的な誤解だ」と考えることもできる．

> **Character is destiny.**
>
> 性格は宿命である.
>
> ——ヘラクレイトス（ギリシャ・哲学者）

　むかしからよく「自分は，産んでほしいと親に頼んだ
わけじゃない」という子どもたちの不満を耳にするが，
このテの話を聞くたびに，芥川龍之介の小説『河童』の
ことを思いだす．そこでは，胎内にいながら母親と会話
を交わし，自分は生まれたほうがいいのかどうかを思い
悩む河童が登場する．人はある時代の，ある家庭に生ま
れてくる．そのとき，子は親を選ぶこともできず，また
性別も思うように決定できない．それにひきかえ，河童
はなんと幸福であることか．すべては自分の意思で決め
られる．うらやましい．そんなことを思ったものだ．し
かし後年，これについての考えが変わった．子は親を選
んで生まれてくるのではないか．そう考えるに至ったの
である．こういうと，たちまち「私は生を享けたくはな
かった」「あんな親，誰が選ぶもんか」とあちこちから
反発の声があがりそうだ．しかし人生というもの，なに
が幸いするかわからない．ちょっと考えてみれば，わか
ることだ．貧乏や離別などのマイナスの要素を生命力の
糧にした人なら，それこそ星の数ほどもいる．性格と
は，人間と人間関係をどう考えるかということであり，
また他人の力を半分借りて，あとの半分を自力で形成し
ていくものである．そして，そこから導きだされた人間
理解が，自分の宿命を決定するのである．

Which is it—is man one of God's blunders or is God one of man's blunders？

人間が神のしくじりなのか，神が人間のしくじりなのか，どっちだ.

——フリードリッヒ・ニーチェ（独・哲学者）

ニーチェは誠実に悩みぬいた哲人であったようだ. 評伝を読むと「求道者」なる言葉にしばしば出会うし，「孤独」や「孤高」という形容にもたびたびぶつかる. さて, そのニーチェがとりわけ関心を寄せたものに「神と人間」の問題がある. 彼にいわせれば，キリスト教の倫理体系は，流動する生に概念の網の目をかぶせ，それをなんとか理解できるものにしようとしただけのものである. だからキリスト教の価値および道徳は生の足枷にすぎない. そう説いたのである. 批判の矢は身近な周囲にも向けられた.「私はワグナー音楽がなかったら私の青春を堪えきれなかったであろう」と書いたそのワグナーにたいしても, 彼のキリスト教的救済観が気に入らぬとして絶交を申し渡した.

神とは最も人間的な,「人間の創造物」である (God is the most human of man's creations.) ——と喝破したのは山本周五郎だが, ニーチェはこうした決着のつけ方にも満足せず, 神と人間の関係についてニヒリスティックに悩みぬいた. しかし, 残念なことにニーチェを待ち構えていたのは狂気と寿命であった. ニーチェは1889年の秋に発狂し, その翌年に他界したのだった.

> **Soap and education are not as sudden as a massacre, but they are more dreadly in the long run.**
>
> 石鹸と教育は，大量殺人ほどの目ざましい効果はないけれども，長い目でみると，それ以上の効力がある．
>
> ——マーク・トウェイン（米・作家）

　戦後の日本は目ざましい経済成長を遂げ，お世辞であったにせよ，いっときは Japan as No.1 とまでいわれた．では，その大躍進の要因は何であったか．会社を家の延長であると考える日本的経営がよかったとか，もともと日本人は勤勉だからだ，などという分析のほかに，教育をきちっとやってきたからだという見方がある．門閥や閨閥で教育を受けられるという流れにストップをかけ，能力のある者だったら門閥や閨閥に関係なく最高学府で学べるというシステムをつくりだしたことが戦後日本の復興をつくりだしたというのである．こうした指摘に出会うとき，あながち「偏差値」を一方的に悪いとは決めつけることはできないなと思う．なぜなら偏差値は，門閥や閨閥を有する者だけに門戸が開かれていた戦前教育へのアンチテーゼであったからだ．「偏差値教育」を批判するのなら，それに替わる何かを提唱しなくてはならない．「個性値」という人がいるが，「個性値」で試験をやったら，落ちた子は個性がないということになってしまう．こちらのほうがずっと恐ろしい．こう考えると，日本の戦後の復興は，問題はあるとはいえ，「教育」がだいぶんに支えてきたともいえる．

> **Men can live without being hard. But they don't deserve to be alive if they're gentle.**
>
> 男は，強くなくても生きていける．優しさなんてもっていたら生きる資格を失ってしまう．

チャンドラーは名言の宝庫である．

名言はチャンドラー，箴言はチェスタトンというのが私のもっぱらの口癖である．この二人の作品をひとつも読んだことがないという人とは友だちになれそうにない気がする．

レイモンド・チャンドラーには『大いなる眠り』『長いお別れ』『湖中の女』『さらば愛しき女よ』などたくさんの名作がある．

いくつかの作品は映画にもなった．なかでも『大いなる眠り』は，ハンフリー・ボガートとローレン・バコールが共演して話題を呼んだ．

フィリップ・マーロウ（小説の主人公）のセリフは，機知に富み，誇り高く，叙情的である．引用された回数は数知れず，騙し騙された男女は数えきれない．

「男は，強くなくては生きてゆけない．優しくなくては生きている資格がない」(If I wasn't hard, I wouldn't be alive. If I couldn't be gentle, I wouldn't deserve to be alive.) が原文である（『プレイバック』所収）．

上で示したセリフは，私がよく英米人に使ってけっこうウケるものである．ぜひ一度，おためしを．

> **"Why aren't there any attractive men around me ?"**
>
> **"People are only ever attracted to people of the same type."**
>
> 「どうして私のまわりには素敵な男性がいないの?」
>
> 「人はね，自分と同じレベルの人としか仲良くなれないものなんだよ」

　過日，私ともう一人の中年男をまえにして，まあ美人といってよいであろう女性が「どうして私のまわりには素敵な男性がいないのかなあ」と天を仰いだ（私においしい料理をご馳走になっているにもかかわらずである）．私は温厚な性格ゆえ，ニコニコと笑って聞き流したのだが，年かさの中年男は「人はね，自分と同じレベルの人としか仲良くなれないものなんだよ」とおごそかに彼女に宣告したのである．私は感激して「おお!」と胸のうちで叫んだ．案の定，それからが大変だった．「じゃあ私はあなたたちと同じってこと?」とその女性が反撃にでたのである．はじめは非武装中立を掲げていた私にもやがて火の粉がかかり，やむなく参戦，気がつくとアラブ地帯さながらの三つ巴の乱戦になっていた．その詳細の模様をここで紙上公開したい衝動にかられるが，あまりにもデリカシーを欠いた言葉の応酬だったので，会話のいっさいを省く．この話に後日談はないが，その2週間後，また5時間ちかくもバカっ話をしながら杯を重ねたわたしたちであった．やはり，わたしたちは同じレベルの人間であったようである．

> **You said you and me was gonna get outta town and for once just really let our hair down. Well, darlin', look out, 'cause my hair is coming down.**
>
> 　一緒に旅に出かけて，ハメをはずそうっていったでしょ．見てて，あたし，うんとハメをはずすから．
> 　　　　　　　　── 『テルマ＆ルイーズ』（映画）

　この映画の冒頭部分で，ウェートレスのルイーズが若い女の客に向かって，You girls are kinda young to be smoking, don't you think ? It ruins your sex drive.（そんな若いうちからタバコなんか吸っていいの？　セックスがダメになるわよ）とやる．この映画に「何か起こりそうな気配」がして，身を乗りだしたのを覚えている．女同士の皮肉を含んだ軽妙なやりとりとイキのいい会話は，この映画の魅力のひとつでもあるが，英語で聞くとなおさらインパクトは強くなる．

　上のフレーズは，もうひとりの主人公・テルマが結んでいた髪を垂らしながらルイーズに向かっていっているものである．主語の you and me を was で受けたりして，けっこうイッているが，注目したいのは，let one's hair down の部分である．「（女性が）髪をほどいて肩に垂らす」ことが，「くつろぐ・ハメをはずす」という意味に転化されて用いられている．

　この映画は，本気でハメをはずしてしまったテルマとルイーズという二人の女性の行く末を共感しながら追いかけて，上等の映画に仕上がっている．一見の価値あり．

> **Beauty is only skin deep.**
> 美貌は，ただ一枚の皮の厚み． ——（ことわざ）

　Beauty is only skin deep. But ugly is to the bone.（美しさは一皮の厚み．でも，醜さは骨までしみわたっている）というフレーズが耳の底にこびりついている．もう20年も前のことになるが，いっとき私のところに居候をしていたアメリカ人青年が，折にふれて囁いていたからだ．祈りの言葉を口にするような抑揚で彼はいった．Beauty is only skin deep. But ugly is to the bone...

　彼は美男子の範疇にはいる男ではぜったいになかった．私はこの言葉の背後に，美人に心を得られなかった寂しい男の嘆きを見ていた．我ながら，嫌な性格である．私が気に入らなかったのは，その祈りにも似た囁きがおわったあと，そうだろそうだろ，と私に同意を求めることであった．男は顔じゃない容姿じゃないと何度もいわれると，自分のことをいわれてるようで，なんだかみじめな気持ちになってくるものだ．互いをなぐさめ合っているようで嫌だった．その後，彼はアメリカへ戻り，再会も果たせず20年の歳月が経過した．3年ほど前，一度電話があった．結婚し，離婚もしたといっていた．話をかえて，「君の声を聞くと，Beauty is only skin deep... というフレーズを思いだすよ」といったら，「いまは，Beauty is only skin-food deep...（美貌は化粧クリームの厚さにすぎない）」との返事がかえってきた．

The problem with walking a baby in New York City is that the strollers are at exactly the height of the exhausts on the cars.

ニューヨークで赤ちゃんを散歩させるとき困るのは, 赤ちゃんの顔にまともに車の排気ガスがかかることね. ——メリル・ストリープ (米・女優)

嫌いなものを3つあげろといわれたら, ほとんど迷わずに, 1にカラオケ, 2にゴルフ, 3にちょっと迷って, 車の排気ガスと答える. それほどまでに排気ガスが嫌いである. こういうときまって, じゃあオマエは車に乗らないのかと詰問される. もちろん, 「乗る」とこたえる. 事実, 毎日のようにバスに乗りタクシーを使っている. とうぜん一笑に付される. 都会に住んで仕事をしていれば車を利用するのは仕方ないことだ, と言い訳をしても, 都会だって田舎だってそんなものは同じだ, くだらん奴め, と罵られる. しかし, 嫌いなものはいくら罵倒されても嫌いなのである.

排気ガスは私を狂わせる力があった. 十年ほど前のことだ. 「排気ガスは車のおならである」との考えがふと頭をよぎり, 突如として排気ガスをひどく憎むようになった. そしてなんと愛車を売るという暴挙にでたのである. 残念ながら, 何の意味もなかった. カネが少し浮いたかな, と思う程度である. 車は嫌いでない. もっと愉しめばよかった. いまにしてそう思う. それにしても, 十年間は長かった. これもそれもあれもどれもすべて排気ガスのせいである.

I wish I had one hundred hours a day !
一日100時間欲しい.

人生は短い. 最近, つくづくそう思う.

中学生の頃, 一日は24時間あり, そのうち8時間を睡眠にあてているのだから, 一日の3分の1は寝ていることになる, もし90歳まで生きるとすると, 単純計算すれば, 人生の30年は眠っていることになる, と考えた. そして, はじきだされた数字にうろたえた.

高校生のときは何にでもなれると思った. 医者, 弁護士, ジャーナリストなどを具体的に夢みた. しかし, 振り返ってみると, これだけにしかなれなかった自分しかいない. けっきょく雑誌の編集者になり, 飲み屋で働き, バーの雇われマスターになり, 福祉の仕事に従事し, 予備校の講師になった.

いまは, 正直いって少々アセっている. やりたいことがたくさんありすぎて, 「時間が足りない」とよく嘆いている. 「時間が足りないという人にかぎって何もしていない」とはよく耳にする文句であるが, そんな苦言もかみしめられないほどにアセっている. 映画は毎日観たいし, 寄席にはせめて二週間に一度は行きたい. 本もたくさん読みたいし, コンサートにも頻繁に足を運びたい. 未知の人にもたくさん会いたいし, 気心が知れている友人と心あたたまるバカっ話をしながら痛飲もしたい. もちろん嫌なこともやらなくてはならない. しかし, 一日はどうあがいても24時間だ. 短い. 短すぎる. ホント, 一日, 100時間欲しい.

> ### I'm not alcohol dependent. It depends on me!
> 俺はアルコール依存症なんかじゃない．アルコールが俺に依存してるんだ．

　もう15年ほど前の話になるが，ある居酒屋の店主が常連らしき客にむかって「○○ちゃん，アルコール依存症じゃないの」とからかった．ふつうなら「よくいうよ」とかいって，笑ってすませる方向へむかうのであるが，そのときばかりはちがった．からかわれた客が「俺はアルコール依存症なんかじゃないよ．アルコールが俺に依存してるんだよ」とぶったのである．これはウケた．カウンターに座っていた客がいっせいに「いうねぇ」などという感嘆の声をあげたのである．だが，そこからがいけなかった．そのオジサン，調子づいて「だってそうだろ，なっ」と，自分の理論の正しさを，酔った口調で客の一人ひとりに確認しはじめたのである．話は，残念ながら深まらなかった．やがて周囲はすぐにオジサンに興味を失い，完全無視の状態にはいった．しかし，オジサンはその雰囲気を理解しようとはしなかった．店主に語りかけるようなふりをしながらも，まわりの客の聴覚領域にとどくような声量で「俺がアルコールに依存しているんじゃないんだよ．アルコールが俺に依存してるんだ」と幾度も繰り返すのであった．悪い酒だった．その場に居合わせた人の対応も残酷だったが，そのオジサンのしつこさも残酷だった．アルコールがオジサンに依存しているのはたしかだった．

> **Woman's instinct is often truer than man's reasoning.**
> 女性の直感は男性の推理より正しいことが多い.

　よく耳にする言葉である. またこれを面とむかってい
うとたいていの女性は嬉々として頷いて見せる. 私もと
きおり計算づくでやる. 我ながら嫌な性格である.

　この"名言"の作者は男であるかそれとも女である
か, 私の興味はそこにある. 女である, とは思えない.
たぶん男ではないか, というのが私の推理である. 理由
は, この言葉が結果的に男に有利になるようにつくられ
ているからだ.

　この男 (勝手にそうしてしまうが), とんでもなくし
たたかな男である. これによって, 男はどれほどドラクを
し, 得をしてきたかわからない. 女を男より上にたてま
つることで, 男たちは義務を怠り権利を放棄して舌をペ
ロッとだしている. 女たちはこのことを考えたことがあ
るだろうか. 断言してもいいが, 「やっぱりお母さんに
はかなわないなあ」と頭をかいて妻を持ちあげニンマリ
している夫は多い.

　こんなことを書くと, 「寝る子を起こすな」(Let
sleeping dogs lie.) と世の男たちから叱られそうだが,
この私の推理を女性たちはどう直感したか, そのことが
知りたくて書いたまでである. 女性のことは, 龍角散に
ついている小さじほどしか知らない私であるが, 女性た
ちはこの推論をどう直感するのか, じつに興味深い.

あとがき

　英米社会がもつアフォリズムやエピグラムといったものに興味をもったのは，高校にあがった頃でした．近所に住んでいたとっこちゃんという年長の幼なじみが『リーダーズ・ダイジェスト』という面白い月刊誌があるから読んでみたらどうかと勧めてくれたのがきっかけでした（当時は日本語版がありました）．

　いまでもそうなのですが，当時の『リーダーズ・ダイジェスト』は1回きりの読み切り記事が多く，また内容も多岐にわたり，料理や家政といった日常のこまごました事柄から政治，経済，歴史，軍事といった少々カタい記事まで，幅広く扱っていました．

　やがて大学生になり，日本語版だけでは飽きたらなくなると，英語版の『Reader's Digest』にも手をだすようになりました（『TIME』や『Newsweek』は，当時の私にとっては語彙がむずかしすぎました）．英語版の『Reader's Digest』も，日本語版と同様，難解な語が少なく，おおむね平易な単語ばかりが並ぶ読みやすいものでした．

　私は，毎月送られてくる『Reader's Digest』の記事をそれこそむさぼるように読みました．とりわけ特集記事は少々長めでしたが，不思議なことに，どの分野のものでも興味深く読んだ記憶があります（おそらくそれ

は，短かい文を連続させて読者を惹きつけることのでき
る作文技術をもった書き手による手柄であったろうと思
われます）.

　で，そうした特集記事を読むことも楽しかったのです
が，大きな記事と記事のあいだにある，各界の著名人た
ちの箴言や，読者からのウィットに富んだ笑い話を，私
は何にもまして好んで読んだのでした．そこには私の知
らない英米文化の発想があり，成熟した大人の人間理解
がありました.

　なかでもとくに私が惹かれたのは，皮肉と毒気とを含
んだ「迷言」や「暴言」のアフォリズムでありエピグラ
ムでした．いうまでもなく，迷言や暴言には，負け惜し
みを隠す一撃があり，転んでもただでは起きないしたた
かさがあり，傲慢で奸智に長けている自分自身を嗤う知
性があります．私はそうした迷言や暴言のなかに，「負
けない人々」の心意気を感じたのでした.

　そして，やがて英米人と頻繁に話す機会をもつように
なると，彼らがひじょうにユーモアが好きで，ウィット
に富んだ会話を好むということがわかってきました．そ
してまた同時に，迷言や暴言が社交の役に立つというこ
とも実感したのでした．会話のなかにちょっとスパイス
のきいたフレーズを放りこむ．すると，効果はてきめ
ん．これほど喜んでもらえるのかと思うほど，相手は興
にのってくれるのです．そうなると，しぜん会話にも弾
みがでます．こうしたことを私は幾度となく経験しまし
た.

　本書が，皆さんの会話のお役にたつことを願ってやみ

ません．気に入ったフレーズを見つけて，ぜひ使ってみ
てください．

　本書をまとめるあたって，多くの方々のお世話になり
ました．私に英語の扉を開いてくれ，いまは商社マンと
して世界を股にかけて活躍している幼なじみのとっこ
ちゃん（中村敏彦氏），本書に収載した大部分の原稿に最
初の発表の場を与えてくださった『現代英語教育』（研
究社出版）の編集長・津田正氏，同じく同誌の編集長を
引き継いで多くの助言を与えてくださった柳沼豊氏，英
文のチェックを丁寧にやってくださったスティーブン・
ネルソン氏とキリー・ヘゲネス氏，そして本書の企画お
よび編集を驚くほど手際よくやってくださった丸善出版
事業部の石寺雅典氏と編集の労をとっていただいた崎谷
和代氏をはじめとするスタッフの皆さんには，とくにお
世話になりました．ここに記して深い感謝を捧げます．
ありがとうございました．

　2000年5月

　　　　　　　　　　　　　　　　里中哲彦

英語の迷言・放言・大暴言　丸善ライブラリー　320

平成12年5月20日　発　行

著作者　里　中　哲　彦

発行者　村　田　誠　四　郎

発行所　丸 善 株 式 会 社

出版事業部

〒103-8245 東京都中央区日本橋二丁目3番10号

編集部 電話(03)3272-0513／FAX(03)3272-0527

営業部 電話(03)3272-0521／FAX(03)3272-0693

URL: http://www.maruzen.co.jp/home/pub/top.html

郵便振替口座　00170-5-5

組版印刷・暁印刷／製本・株式会社 星共社

ISBN 4-621-05320-5 C0282　　　Printed in Japan

丸善ライブラリー

丸善ライブラリー

丸善ライブラリー

丸善ライブラリー

丸善ライブラリー

丸善ライブラリー

丸善ライブラリー